FONTAINEBLEAU

ET LES

GLOIRES EUROPÉENNES

PAR

P.-L. HARTVILLE

PARIS

IMPRIMERIE DE L. TINTERLIN ET Ce

3, RUE NEUVE-DES-BONS-ENFANTS

—

1859

FONTAINEBLEAU

ET LES

GLOIRES EUROPÉENNES

FONTAINEBLEAU

ET LES

GLOIRES EUROPÉENNES

PAR

P.-L. HARTVILLE

———— ❧❦ ————

PARIS

IMPRIMERIE DE L. TINTERLIN ET Ce

RUE N^o-DES-BONS-ENFANTS, 3.

—

1859

FONTAINEBLEAU

Il est à quatre pas de cette capitale
Un magique palais, résidence royale,
Par tous nos souverains tour à tour habité,
Et refuge, souvent, d'auguste majesté.
Ses flancs sont abrités d'une forêt antique
Autrefois consacrée au culte druidique,
Alors impénétrable, aujourd'hui sans terreurs,
Offrant à l'œil charmé ses sentiers pleins de fleurs,
Ses vieux genevriers, ses chênes séculaires,
Tuteurs nés, je le crois, des petites bruyères
Que l'amusant auteur des *Mille et une Nuits*
Aurait pu faire entrer dans ses piquants récits,
Et dont ce bon Paris, en son indifférence,
Jamais, sans Denecour, n'eût connu l'existence.
Mais à te visiter, moi qui sus parvenir
Et qui garde en mon cœur ton si doux souvenir,

J'aime à le répéter, qui n'a vu ton parterre,
Tes jardins embaumés, ton parc plein de mystère,
Ton limpide bassin et ton beau lac d'azur,
Respiré tes senteurs, ton air frais et si pur,
N'a goûté, selon moi, que moitié de la vie ;
Mais de celui-là seul l'existence est remplie,
Et quitte sans regret ce terrestre séjour,
Charmant Fontainebleau, qui t'a pu voir un jour.
Une forêt, d'ailleurs, a plus que l'on ne pense,
Son occulte attraction, magnétique influence
Qui toujours nous occupe et partout nous poursuit ;
On y pense le jour, on en rêve la nuit.
Si dans ces sentiments sa présence me trouve,
Loin d'elle c'est encor les mêmes que j'éprouve,
Et certain que la voir suffit pour exalter,
C'est pour la faire aimer que je veux la chanter.

O toi qui, dans tes vers, d'une Armide païenne,
Illustras des jardins de ton invention,
Permets que, pour les miens, dédaignant la fiction,
Je n'invoque, ô Tasso, que ta muse chrétienne !
Heureux si mon talent, pour les bien célébrer,
Répond à l'intérêt qu'ils ont su m'inspirer !

Je veux peindre d'abord ces bosquets féeriques,
Ces parterres, ces parcs, harmonieux portiques
A ce riche palais, groupe heureux de châteaux
Dont le nom peint si bien la beauté de ses eaux.

Approchons ; au milieu de cette onde limpide
Où le cygne, en jouant, baigne une aile candide,
Voyez-vous se dresser l'hexagone charmant ·

Dont le svelte contour en ce miroir tremblant
Aux rayons du soleil se reflète avec grâce?
Un vaste et frais jardin comme Albion en trace,
L'abrite vers le Nord; ses odorants bouquets,
Ses sentiers tortueux, si jolis, si coquets,
Tapissés d'une verte et soyeuse pelouse,
Eussent rendu, je crois, Babylone jalouse!
Quel coup d'œil enchanteur que ce beau parc ombreux
Planté d'arbres géants aux troncs forts et noueux,
Où le regard se perd sous ces longues allées
Qui virent tant d'amour sous leurs ombres voilées.
Regardez s'agiter dans ce large bassin,
Et la carpe vorace et le glouton dauphin,
Qui, tout fiers de prouver trois cents ans d'existence,
Portent au bout du nez leur extrait de naissance;
Puis ce vaste parterre en tous sens entouré
D'élégants pavillons au grillage doré.
Plus loin, le labyrinthe aux routes sinueuses,
Dont le calme secret plaît aux âmes rêveuses,
Et, par sa solitude, offre aux petits oiseaux,
Le jour un sûr refuge, et la nuit le repos.

Pages d'une œuvre immense, où l'amour et la gloire
De huit siècles entiers nous ont écrit l'histoire,
Vous êtes notre orgueil; aux siècles à venir,
Le nôtre en transmettra l'éternel souvenir!

Ah! s'il m'était donné, par un art fatidique,
Possédant de Circé la baguette magique,
D'évoquer treize rois et de me retrouver
Sous ces règnes brillants dont les noms font rêver,
Quel mortel plus que moi serait... Mais quels prodiges!

Grands rois! je vous revois avec tous vos prestiges,
Louis Sept, Philippe-Auguste, et toi, Louis, le saint roi ;
Vainqueur de Marignan, François Premier, c'est toi !
Quel port majestueux! toute une cour d'élite :
Bayard, Marot, Vinci, d'Etampes, Cellini,
Le courage aux talents, aux grâces réuni,
Pléiade radieuse autour de toi gravite,
Empruntant son éclat de ton rayonnement.
Henry Deux de Diane heureux et jeune amant!
Ah ! fuis, fuis ces tournois où la gloire t'entraîne!
Montgomery t'attend au bout de cette arène.
Père de tes sujets, vaillant soldat d'Ivry,
De la tendre amitié, rare et parfait modèle,
Sous ces bosquets touffus, trop amoureux Henry,
Je t'aperçois encore aux pieds de Gabrielle.
Et toi, du nom de grand, qui pus te voir doté
Par l'esprit, le talent, la gloire, le génie,
De tout l'éclat qu'ils ont reflété sur ta vie,
O Louis! que tu sais bien porter la majesté!

Mais laissons ces grands noms, le palais nous appelle
Touriste, ami du beau, qui venez l'explorer,
Je veux être aujourd'hui votre guide fidèle
En ce vaste dédale où l'on peut s'égarer.

Sans doute qu'avant tout vous désirez connaître
Quel fut de ce palais le premier fondateur ;
Vainement, sur ce point, j'ai scruté maint auteur,
Nul n'a pu m'assurer quel siècle l'a vu naître;
Et son nom ne commence à percer que du jour
Où Louis le Jeune vint y fixer son séjour.
Mais depuis lors, mon Dieu! que d'intrigues secrètes

Nouées et dénouées au sein de ces retraites !
Que de scènes d'amour, que de drames sanglants
Du plus vif intérêt encor tout palpitants !

Du palais, maintenant, passons le seuil auguste.
Peut-être, ainsi que moi, pensez-vous qu'il est juste
Que la grande chapelle ait nos premiers regards ;
Entrons ! Quel vif éclat brille de toutes parts !
Mais si le marbre et l'or, qu'ailleurs l'artiste sème,
Frappent le spectateur d'une surprise extrême,
Ils n'inspirent ici, même en parlant aux yeux,
Qu'un respect plus profond et plus religieux.

C'est Louis Sept qui fonda cette basse chapelle
Que d'Orléans depuis se plut à restaurer ;
Des vitraux dont son goût voulut la décorer,
La noble pureté du dessin nous rappelle
La fille dont la perte attrista ses vieux jours,
Et l'artiste que l'art regrettera toujours.

Beau palais ! au retour de ses saintes conquêtes,
Tu vis Philippe-Auguste, au milieu de ses fêtes,
Déployer le premier ce luxe original
Qu'il avait rapporté du goût oriental.

Voici, du vieux donjon, la partie occupée
Par Louis Neuf, et la chambre où ce grand roi si pieux
Méditait en repos, par la croix et l'épée,
    La délivrance des saints lieux.

Ici, sous le regard du Dieu qui le contemple,
Instruisant chaque jour son royal enfançon,

Bien moins par ses conseils encor que par l'exemple,
Le saint roi lui donnait une sage leçon.

Du roi François Premier, voici la galerie
Offerte à la beauté par la galanterie.
La Salamandre y court, symbolique ornement
Moins de l'âme du roi que du cœur de l'amant.
Quel faste il déployait! Cellini nous rapporte
Que ce roi, cheminant et par monts et par vaux,
Quand il allait chez *lui*, conduisait en escorte
        Jusqu'à dix-huit mille chevaux.

C'est à Fontainebleau que son rival de gloire,
Charles-Quint, fut reçu par le roi-chevalier.
Des chasses, des tournois, il garda la mémoire;
Mais cet excès d'honneur lui fit-il oublier
Sa propre sûreté? J'aurais peine à le croire.

De cette galerie empreinte encore du goût
        Du cachet de la renaissance,
        Au jeune Henry Deux, avant tout,
Il faut attribuer la superbe opulence.
        Là, près d'innombrables tableaux,
        Tous chefs-d'œuvre dignes d'Apelle
        Et rendus à l'art par Alaux,
        L'or qui luit, scintille, étincelle,
        S'unit aux marbres les plus beaux.
Le chiffre du monarque et celui de Diane,
        Liés en gracieux contours,
A tous les yeux rappellent ses amours
        Avec la belle courtisane;
Mais quand ce chiffre au sien en de galants décors

Partout se trouve uni, quel caprice profane
Les a, dans la chapelle, entrelacés encor !

Des factions sous trois rois, la France déchirée,
Veuve de ces plaisirs dont elle est altérée,
Après cinq ans entiers des plus horribles maux,
Aspirait à goûter enfin quelque repos.
Catherine régente, aux partis plus tranquilles
Voulant faire oublier leurs discordes civiles,
Vient à Fontainebleau. Là, sa brillante cour
Des plaisirs, avec elle, amène le retour ;
Et pour mieux sur les cœurs assurer sa conquête,
Elle fait annoncer une splendide fête.
Le jour pris, et son plan mûrement arrêté,
Le palais se transforme en un temple enchanté.
Les lustres du banquet aux feux de la bougie
Chatoyent d'un éclat qui tient de la magie ;
Et, le front couronné des roses du festin,
Aux convives, rieuse, elle verse le vin.
Le bal s'ouvre à son tour ; à sa voix tout s'anime
Et ressent les effets de sa pensée intime :
Sa politique adroite a voulu pour ce soir,
Au dieu de son pays emprunter le pouvoir ;
L'amour cède. Un essaim de belles jeunes femmes,
Aux longs cils de velours, aux noirs regards de flamme,
Autour d'elle apparaît. Leurs enivrants souris
Du ciel de Mahomet font rêver aux houris.
Catholique, huguenot, enchaînés par leurs charmes,
Se défendent en vain de leur rendre les armes ;
Tous, tous sont subjugués, même toi, Coligny !
Car ton puritanisme en fut presque amolli.

Quand du sort des combats le caprice bizarre
Sur son trône eut permis que pût monter Henry,
    Du roi de France et de Navarre
Fontainebleau devint le séjour favori.
Et dès lors, pour qu'il fût digne de sa présence,
Que ne lui fit-il pas subir de changements,
De modifications et d'agrandissements !
Et s'il a réussi, par sa persévérance,
A faire une merveille, un chef-d'œuvre nouveau,
C'est qu'il avait voulu, pour l'honneur de la France,
Qu'après le Vatican on dît Fontainebleau !

    Sous ce vaste portique à la riche coupole,
En l'ovale préau qu'on nomme le Donjon,
Devant toute sa cour, Louis Treize, sur le front
Du baptême, reçut la précieuse auréole.

    Ces superbes jardins par Le Nôtre tracés,
Pour plaire à Louis le Grand, courtisans empressés,
Devinrent, se prêtant à ses humeurs changeantes,
Le théâtre fleuri de ses fêtes galantes.
Ce fut là que, cédant au doux besoin d'aimer,
Répandu, séve ardente, en la nature entière,
Son cœur, muet encor, se sentit enflammer
Aux attraits de la jeune et chaste Lavallière.

    Dans ce noble château Louis Quatorze **a** passé
      Vingt-cinq ans de sa longue vie;
      Mais, pour Versailles la jolie,
L'enfant de ses vieux jours; l'ingrat l'a délaissé;
C'est qu'il avait voulu lier à sa mémoire
Une merveille aussi ; ne pouvant sans gémir

Penser qu'un autre prince en réclamât la gloire,
Car l'œuvre du Valois l'empêchait de dormir.

Là, presque sous ses yeux, en cette galerie,
Une reine du Nord, noblement accueillie,
Jalouse d'y laisser une célébrité,
    Par une atroce barbarie
Reconnut les devoirs de l'hospitalité.
De ce drame sanglant, de cet acte arbitraire,
Que le nom de l'auteur ne soit pas répété ;
Si ce n'est pour le sexe, il convient de le taire
    Pour l'honneur de la majesté.

    Le czar Pierre, de sa présence,
Vint honorer un jour ce palais merveilleux,
    Presqu'oublié sous la Régence.

Puis bien du temps encor resté silencieux,
Il s'éveille aux accents d'un royal hyménée ;
C'est Louis Quinze qui vient unir sa destinée
A celle d'une femme à qui le sort cruel
Avait ravi l'espoir du trône paternel.

    Saluez avec moi cette aimable retraite,
Boudoir discret, un jour, de Marie-Antoinette ;
Il me semble, en ce lieu d'innocence et de paix,
Respirer le parfum de ses nombreux bienfaits.
Ce riche ferrement qu'on voit à la fenêtre,
De ses royales mains Louis Seize l'a forgé.
En travaillant ainsi, certes, ce roi, peut-être,
A son rang n'a pensé qu'il avait dérogé.
Dans ses moindres détails que son œuvre est soignée ;

Ne vous semble-t-il pas, sur ce thyrse élégant
Que dans son jeu facile entraîne la poignée,
Voir s'enlacer le lierre en spirale charmant!

Tournons de ce côté; voyez, aux reines-mères,
Ces pièces ont servi jadis d'appartements;
C'est dans ces mêmes lieux qu'un saint pape, naguère,
De la captivité supporta les tourments.

Ici, Napoléon, trop douloureux spectacle!
Au bonheur des Français se croyant un obstacle,
Les a, par un excès de magnanimité,
Relevés du serment de leur fidélité.
Et c'est là que toujours, prompte à le satisfaire,
Joséphine, en tout temps son ange tutélaire,
Avec son noble époux disputant de grandeur
De son cruel divorce accepta la douleur.

Nous voici dans la cour, souvenir d'infortune!
Où du sort des combats la chance trop commune,
Après tant de succès lui vint faire expier
L'audace de l'avoir trop osé défier,
Et lui faire accomplir un sacrifice unique,
Le seul qui fût sensible à cette âme héroïque :
Celui de renoncer à pouvoir désormais,
Au chemin de l'honneur, diriger les Français.
De la lutte, en son sein, quand eut passé la crise,
Que sa résolution, dès lors, eut été prise,
Il vient, le cœur brisé, mais sans larmes aux yeux,
A sa garde, en ces mots, adresser ses adieux :
« Vous que j'ai si souvent guidés à la victoire,
« Que toujours j'ai trouvés au chemin de la gloire,

« Il faut nous séparer! Adieu, mes vieux amis!
« Par mon bonheur le vôtre eût été compromis;
« Je dois voir, avant tout, celui de la patrie,
« De cette belle France et que j'ai tant chérie.
« Croyez-le, loin de vous, heureux ou malheureux,
« Son destin deviendra l'objet de tous mes vœux.
« Ne plaignez pas mon sort, si je veux me survivre,
« Car de beaux souvenirs dans l'exil vont me suivre,
« C'est pour écrire, un jour, tous nos faits glorieux.
« Ce projet, mes amis, autant que vous m'honore,
« A votre gloire ainsi je prendrai part encore.
« Adieu ! Je voudrais tous vous presser sur mon cœur,
« Que j'embrasse du moins ce signe de l'honneur ! »
Il dit, et du drapeau pressant l'aigle sublime,
Dans sa morne douleur le grand homme s'abîme.
Aussitôt que son âme a pu la maîtriser :
« Adieu ! gardez l'amour de ce dernier baiser ! »
S'écrie-t-il; puis, du groupe ému qui l'environne,
De peur qu'un seul instant sa vertu l'abandonne,
Il s'arrache; et le char, d'un signe de sa main,
De l'exil, aussitôt, commence le chemin.

    Louis Dix-Huit, de Diane aimait la galerie,
Et ce roi, toujours grand quand il fallait donner,
Pourvut en connaisseur, surtout sans pruderie,
A ses galants décors qu'il voulait terminer.

Là, par une faveur aux Français tout aimable,
Le bon roi Charles Dix, presque toujours chez soi
Laissait le peuple, alors qu'il se mettait à table,
L'approcher librement, pour voir dîner son roi.

Et Louis-Philippe aussi, pour garder à la France
Cet antique joyau dont il sentait le prix,
De sa restauration décréta la dépense;
Mais sa chute arrêta les travaux entrepris,
Et pour s'en occuper, la jeune république
Eut beaucoup trop à faire, en ce moment critique

Le brillant héritier du grand Napoléon,
Pour avoir avec lui plus d'une ressemblance,
A ta parure encor, charmante résidence,
    Veut aussi rattacher son nom.
Il te doit ce concours; il sait qu'en ton enceinte,
Du baptême autrefois il a reçu l'eau sainte,
Et que le souvenir de ce bienfait des cieux
Doit associer aux tiens ses destins glorieux.

Avant que d'explorer avec vous la richesse
De la belle oasis qu'on nomme la forêt,
Et de vous dévoiler son arcane secret,
Ami touriste, à vous, votre guide s'adresse;
Par d'indignes objets si votre cœur blasé,
Ne s'est encor senti jamais électrisé
Au spectacle naïf des choses vraiment belles,
N'entrez pas, je vous plains; mais si l'attrait flatteur
De la simple nature excite en votre cœur
D'un doux ravissement les impressions réelles,
Venez, votre plaisir doublera mon bonheur.
Pénétrons ; le soleil au fond de ce bois sombre
Pour nous, heureusement, a fait pencher son ombre.
Ce silence imposant, dites, ainsi qu'à moi,
Ne vous cause-t-il pas comme un secret effroi?
Car nous sommes au sein d'un chaos véritable,

De cavernes, de rocs, pêle-mêle effroyable,
Et tel que notre monde à l'homme dut s'offrir,
Le jour où l'océan l'eut cessé de couvrir ;
Mais là, que voyez-vous, près de ces précipices ?
Un Éden enchanté, paradis de délices,
Que ses sites charmants, ses délicieux déserts
Au roi saint Louis, jadis, avaient rendus si chers.
Visitons, à leur tour, ces tranquilles retraites
Où la biche craintive, où l'écureuil léger
Vient chercher un asile au moment du danger ;
Puis ces hauts belvéders et ces grottes secrètes,
Ces fontaines offrant, dans un coin retiré,
La fraîcheur de leurs eaux au touriste altéré.
Mais tous ces ornements qui la rendent si belle,
Cette aimable forêt, à qui donc les doit-elle ?
A qui, mais à Sylvain, son lutin familier,
Auquel des nœuds secrets l'ont, dit-on, su lier ;
Et qui, prodigue époux, dans sa tendresse extrême,
Croit ne pas faire assez pour parer ce qu'il aime ;
Car c'est lui, Denecour, qui désirant montrer,
Par une abnégation en ce siècle assez rare,
Que de son bien jamais il ne faut être avare,
A cette œuvre sans nom voulut se consacrer ;
Et c'est dans le seul but de la faire admirer,
Que son habile main, de son œuvre si fière,
Avec tant de bonheur a su mettre en lumière
Ce diamant, brut alors, qu'elle sut rencontrer.
Aussi, sur tout ce sol de si vaste étendue,
Promenade, parcours, route à perte de vue,
Que lui-même a tracés et qu'il a fait ouvrir
(Moins encor pour le sien que pour notre plaisir).
Que n'a-t-il pas versé de goût, d'intelligence,

De fermeté surtout et de persévérance !
Sans y compter l'argent, car je le dis tout bas,
Pour elle il s'est ruiné, mais il n'en parle pas
Et maintenant, faut-il, nous, nation généreuse,
Quand vient la visiter l'Europe curieuse,
    Faute d'entretenir cette belle forêt,
L'exposer à rougir de se voir sans attrait !
Non, chers concitoyens, oh ! non, veuillez m'en croire !
Nous devons nous montrer plus jaloux de sa gloire ;
Ne perdons pas le fruit de ses vingt ans entiers
D'opiniâtres travaux, et sauvons ses sentiers ;

Nous allons commencer nos belles promenades.
Pour les peindre, je sens que ces termes sont fades ;
Mais je ne prétends pas vous imposer mon goût,
Vous allez en juger, l'esprit libre de tout ;
Et comme il faut toujours, je pense, en toute chose,
Arriver avec ordre au but qu'on se propose,
Sauf un meilleur avis, je crois que nous devons
Les ouvrir, s'il vous plaît, par les rochers d'Avons.

Nous y voici ; voyez quelle sombre verdure !
Ne vous semble-t-il pas, dans cette âpre nature
Toute peuplée ici de grottes, de rochers,
Pour un moment vous croire en pays étrangers !

Il n'en est rien pourtant, car cette biche blanche
Nous offre un grand talent, une âme pure et franche,
Muse de la patrie, alors Delphine Gay,
Qui vit à ses beaux vers l'éloge prodigué.
A sa gloire, trop tôt, le trépas l'a ravie,
Cette femme à la fois révérée et chérie

Par ses douces vertus, ses talents enchanteurs.
Et mes regards ont vu, sur son froid mausolée,
De la patrie en deuil la muse désolée
    Offrir le tribut de ses pleurs.

Là, je vois dans le nom de la roche branlante,
Pauvre Elisa Mercœur, ta santé chancelante,
Si jeune, hélas ! mon Dieu, jouet du sort cruel !
Ah ! pourquoi le talent n'est-il pas immortel !
Ils avaient fui, les jours d'épreuve et de souffrance,
D'un tranquille bonheur tu rêvais l'espérance,
Et de ton avenir s'épurait l'horizon.
Mais la mort, en secret, a préparé ta tombe,
Et tu meurs, comme un lys se flétrit et succombe
    Sous le souffle de l'aquilon !
Dans ces grottes ici, du moins, je m'imagine,
Les fées ont établi leur habitation,
Car j'y vois figurer le nom de Mélusine,
Cette sirène, effroi de sa noble maison.
Puis une autre, dédiée à la méditation,
Qui, naturellement, revient à Lamartine.
Dans leur domaine elle est très-bien ici,
Et puisque son pouvoir nous dompte et nous fascine,
La belle poésie est une fée aussi.
Pourtant s'il était vrai que cette enchanteresse
Possédât, comme telle, un ascendant vainqueur,
Lamartine ! d'où vient que nous voyons sans cesse
    Le talent en proie au malheur !
Car à travers l'éclat qui sur ton front rayonne,
Quel œil n'aperçoit pas les rigueurs du destin ?
Et sous chaque fleuron de ta noble couronne
Un stigmate de feu par l'infortune empreint ?

Voici ton belvéder, belle reine Marie,
Digne héritière et fille des Stuarts !
En te plaçant si haut, la fortune ennemie
Ne t'avait pas donné la meilleure des parts.
Ah ! c'est là que sans doute, un jour, triste et rêveuse,
De notre beau pays songeant à te bannir ;
Le regard égaré dans un vague avenir,
Peut-être entrevis-tu ta fin si malheureuse.
Oui, tu dus emporter un noir pressentiment
Alors que tu quittas cette France chérie ;
Car le berceau si doux, l'adoptive patrie,
Ne se fuient pas impunément.

En ces roches sans nombre et de pins couronnées,
Dont le vert parasol semble abriter le flanc,
Louis Sept, pour échapper aux ennuis de son rang,
Venait passer ici bien d'heureuses journées.
C'est là son belvéder, c'est là que, de retour
Des guerres que jadis lui firent entreprendre
Sa piété, sa valeur, le vainqueur de Méandre
Se plaisait bien souvent à voir poindre le jour.
Le gai savoir, dit-on, avait l'art de lui plaire ;
Aussi, pour célébrer ses valeureux exploits,
En ce lieu, près de lui, Troubadour et Trouvère
        Furent admis plus d'une fois.
Car déjà, par leurs soins, la noble poésie
Venait d'être enfantée, et, par elle embellie,
La langue acquit, dès lors, et par suite les mœurs,
Plus de poli, de grâce et surtout de douceurs.

Franchissons ce tunnel et si noir et si sombre
Que vraiment on croirait mener droit à l'enfer ;

C'est le passage étroit nommé Portes de Fer.
Tous ces âpres rochers, de Français en bon nombre
Rappellent la valeur et consacrent le nom ;
Plus d'un, du maréchal y trouva le bâton.
Je crois les voir encor, d'Orléans à leur tête,
De cette Kabylie assurant la conquête,
Braver les éléments et s'ouvrir des chemins,
Dans les siècles passés inconnus aux Romains.

De Greuze maintenant voici le point de vue.
De ses compositions si la trace est perdue,
C'est que nul n'est ici venu la retrouver.
Puis d'Abel de Pujol nous allons arriver
Dans un moment au belvédère,
Montons ! nous y voici. La riche pépinière
De peintres distingués ! Ruisdael, Wouvermans.
Rubens, Van Dick, Téniers, Vandermeulen, Rembrand.
Dignes représentants de la gloire espagnole,
Murillo, Velasquez, Ribera, Zurbaran,
Sur ces arbres, vos noms brillent au premier rang,
Comme ils le sont aussi de la sévère école.

Dans ces chênes encor nous retrouvons des noms
Qui sont, à juste droit, l'honneur de l'Angleterre.
C'est vous Landseer, Wilkie, artistes si féconds,
Puis Lawrence, Reynolds, Gainsborough et Brokere.

De la Vendée enfin vous trouvez en ces lieux,
Tout près du blanc rocher de la Châtaigneraie,
Un groupe de hauts fûts ; ils offrent à vos yeux
Les noms de ces enfants que jamais rien n'effraie,
Qui, dans des jours sanglants, loin de nos souvenirs,

De leur fidélité mouraient tous en martyrs :
Le grand Cathelineau, Talmont, Bonchamp, d'Elbée,
Lescure, d'Autichamp, Charette, Marigny,
Henry, Stofflet, et vous, duchesse de Berry !
Trop sinistre et pourtant glorieuse épopée,
De combats où chacun s'était vite aguerri.

Au mont Ussy, par le sentier des fées,
Celui du nid de l'aigle et leurs charmants vallons
Nous sommes parvenus. Que de nobles trophées !
Dans ces arbres qui tous rappellent de grands noms.
Voici le Rochambaud, Washington. Lafayette,
Tous défenseurs du peuple et de la liberté.
La Tour-d'Auvergne, exemple d'intrépidité.
A côté de ces noms que partout on répète,
Plus d'un aurait encor le droit d'être cité.

Voyez près d'eux ces beaux arbres tous frères ;
Ce sont les noms chéris des grands maîtres de l'art ;
Rossini, Bellini, Meyerbeer et Mozart ;
Puis Berton, Dalayrac, Grétry, noms populaires,
Halévy, Boieldieu, Hérold, Auber, Isouard.
Dans l'art d'écrire, aussi, des gloires non moins chères
S'offrent à nos regards : Alexandre Dumas,
Ce roi des romanciers, semblant pas ses hauts bras
Dominer tous les fils de sa brillante école.
Duval, natif anglais, mais qui se fait honneur
D'être français d'esprit aussi bien que de cœur ;
Méry, charmant auteur à la fine parole.
Tout près de là, deux noms qu'on aime à réunir
Alors qu'on veut des fleurs célébrer la peinture :
Lays, dont le pinceau sut fixer la nature

Saint-Jean, qui par le sien parvint à l'embellir.
Jeune Lays, jouis de ta faveur insigne,
Car seul, de ton vivant, tes fleurs eurent l'honneur
Au Louvre, de fixer les yeux de l'Empereur :
Et qui de ce regard pouvait être plus digne !
Voyez-vous ce grand chêne à quelques pas de là ?
Talent sombre et hardi, c'est Salvator Rosa.
Là, de Fontainebleau, c'est l'habile architecte :
Sorlio, beau nom, qu'encor on admire, on respecte ;
Puis, le François Premier, Charles Quint, son rival,
Duguesclin, dont le bras à l'Anglais fut fatal,
Bayard, le chevalier sans peur et sans reproche,
Chrétien comme toujours, quand le trépas s'approche
Qui sait à l'ennemi faire envier son sort,
En mourant craignant Dieu, mais sans craindre la mort.
Roland, la fleur des preux, de la chevalerie,
Qui du Maure a sauvé la France et l'Ibérie.

Voici de ce côté tous ces navigateurs,
De mondes inconnus hardis explorateurs :
Cook, Cartier, Drake, et toi, malheureux Lapérouse,
D'Urville, et toi, Franklin, dont la sublime épouse,
Arthémise moderne, en des mers sans accès
Envoie à ta recherche un officier français :
Bellot, bien jeune encor, l'honneur de la patrie,
Auquel son dévoûment vient de coûter la vie.
Et toi, Colomb, de tous, le plus infortuné,
Toi qu'un lâche rival avait abandonné
Au retour de ta vaste et glorieuse conquête,
Sur les sables brûlants d'un roc, au sein des mers,
Nu, sans un seul abri pour reposer ta tête,
Et dépouillé de tout, excepté de tes fers !

Mais ces fers, tu voulais, glorieuse hécatombe,
Qu'ils fussent renfermés avec toi dans la tombe,
Afin de mieux cacher à la postérité
Comment de tes bienfaits, ton roi s'est acquitté.

Près du Campo-Santo, dans ce champ de bruyère
Au tronc du chêne altier où s'enlace le lierre,
Cet établissement pour les plaisirs royaux,
C'est la Faisanderie, où l'appétit vorace
De huit mille faisans peut dévorer sur place,
En deux heures, par jour, jusqu'à quatre chevaux.

A cette majesté que chacun d'eux déploie,
Voyez dans ces beaux fûts au tronc droit et puissant,
     Tous les protecteurs de la soie ;
Charlemagne d'abord, et le Turc, le Persan,
Le Chinois, puis Sully, Gabrielle d'Estrée.
Qui surtout se plaisait à s'en montrer parée,
Puis La Salle, Colbert, Jacquart, Le Mire, enfin,
Dont la fabrique acquiert l'estime universelle;
Mais c'est à toi, Lyon, que l'honneur en revient.
Et comment en offrir une preuve plus belle
Qu'en mentionnant la grotte éblouissante d'or,
De velours relevé de riche brocatelle
Où le drap diamanté de brocard étincelle,
Qu'on voit à Bethléem. Ah ! quel divin transport !
Quel doux ravissement nous saisit, nous enflamme,
A ces vives splendeurs dont l'aspect ravit l'âme !
La piété seule a pu réunir en ce lieu
Tant de riches tissus pour honorer son Dieu !
Sur le trône, au boudoir, à l'autel, dans le temple,
Le Mire, quel honneur ! tes produits sont admis !

Car des pouvoirs divers qui s'en montrent séduits,
En extase, partout, le regard les contemple ;
Rome, Jérusalem, Bénarès, Calcutta,
Téhéran, Pétersbourg, Londres, Moscou, Bagdad,
Paris, Constantinople, Edimbourg et le Caire,
Le monde tout entier devient ton tributaire ;
Et sur ce champ de gloire où tu restas vainqueur,
La croix de chevalier a brillé sur ton cœur.
Joannès, c'est justice et ta victoire est pure ;
Quels tissus, en effet, à chaque exposition,
Ont balancé des tiens la rare perfection !
Va ! sois fier des succès que ton talent t'assure,
Trop heureux de n'avoir en ces tournois nouveaux
Que des jaloux parfois, mais jamais de rivaux.

Les gorges de Franchard ! que ces sites sauvages
Me rappellent, mon Dieu, de lugubres images !
Pourquoi leur souvenir dont je me veux garder·
Se plaisent-ils encor partout à m'obséder ?
Et comme un cauchemar occupant la pensée,
Sous le poids de son corps tient notre âme oppressée,
Leur légende revient sans cesse à mon esprit.

L'airain de l'Abbaye avait sonné minuit ;
Le vent du Nord soufflait en rafales glacées,
Car les tièdes journées étaient déjà passées,
Et l'hiver, des frimas ramenant la saison,
Sous son manteau de givre attristait l'horizon.
Par l'aquilon fougueux, les branches tourmentées
Craquaient prêtes à rompre, ou tombaient emportées.
Du Fourneau de David et du Puits du Géant,
Les sommets des sapins, fouettés par l'ouragan,

Poussaient de temps en temps des soupirs lamentables
Comme d'âmes en peine et de péchés coupables ;
Puis, pour accroître encor ce vacarme animé,
Justement, au plus fort de l'effroyable crise,
On entendit sortir des voûtes de l'église
    Comme un bruit inaccoutumé.
  La triple nef, d'un long drap noir tendue,
  Ne s'éclairait en sa vaste étendue
  Que d'une rare et sinistre lueur
  Pouvant à peine en pénétrer l'horreur.
  Sous le transept était un sarcophage,
  De son couvent humble et dernier hommage
  A la mémoire, à l'austère vertu
  Du frère André, son chef qu'il a perdu.
D'où vient qu'il retentit de ce chant solitaire
Comme un gémissement de mort sous son suaire ?
— C'est du *Dies iræ* et du *De profundis*
    L'austère et sombre mélodie,
    Que sous ses échos assourdis
    La voix des moines psalmodie.
Ecoutons : « Que le juste attende le Seigneur !
« Et s'il a confiance en sa miséricorde,
    « Des grâces qu'il accorde
    « Il saura faire son bonheur. »
Les lévites alors s'écriaient tous en chœur :
« Le Seigneur vient l'admettre en sa gloire infinie
« Et lui donner le prix des vertus de sa vie. »
Les moines, à leur tour, disaient : « O Dieu clément :
« De votre divin fils que le sang le protége ! »
Puis, les chants terminés, on vit le pieux cortége
Sortir et traverser le sol couvert de neige
Pour aller accomplir l'ensevelissement.

Dès que l'éclat mourant de la lampe dernière
Eut cessé d'animer les gothiques vitraux,
  Dans l'enceinte de la prière
  Régna le calme des tombeaux.
Les moines de Larchant, de Moret et d'Yère,
Le capuchon en tête et le cierge à la main,
Pour assister au convoi du saint frère,
Avec ceux de Franchard se mirent en chemin.
  On arrivait à la fosse nouvelle,
  Que de récents et lugubres apprêts
  Pour recevoir la dépouille mortelle,
  Faisaient béante au pied d'un noir cyprès.
  Quand tout à coup un bruit épouvantable
  Se fit entendre en l'épaisseur du bois ;
  Vrai tintamarre et concert effroyable
  De rauques sons, de discordantes voix.
  De longs éclairs laissaient, dans leur lumière,
  Apercevoir des squelettes vivants,
  Fantômes blancs à tête de vipère,
  Au corps de loups, d'ours et de caïmans,
  Juchés au dos d'une énorme cavale
  Lançant des feux de ses naseaux fumants
  Puis, tous formaient une ronde infernale
  Telle qu'eux seuls en dansent au sâbbat,
  Au bruit strident de traînement de chaîne,
  De sifflement du vent qui se déchaîne
  Alors qu'aux flots il livre le combat.
  L'orbite ardent de leurs fauves prunelles
  Lançaient partout de vives étincelles
  Qui, de la nuit, perçaient l'obscurité ;
  Et chaque moine, en ce moment suprême,
  Au fond du cœur sentait son effroi même

Par ce spectacle encor surexcité.
« A nous! » cria d'une voix de tonnerre
Le fier Molock, le chef de ces maudits;
« A nous, à nous appartient cette terre,
« Au frère André ces lieux sont interdits!
« Et si là haut son âme est dans la joie,
« Amis, qu'ici son corps soit notre proie!»
Il dit; soudain le sacrilége arrêt,
Couvert bientôt par des cris frénétiques,
Fut accueilli de vivats énergiques
Dont retentit l'antre de la forêt.
Alors, du sol à la cime des arbres,
On vit bondir ces bandes de démons
Recommençant, dans des danses macabres,
Leur sarabande et leurs passes sans noms
Vrais fandangos, valses échevelées,
Près de finir toujours renouvelées.
Le pieux cortége, à cet aspect hideux,
Recula bien, je crois, d'un pas ou deux;
Et les porteurs de ces saintes reliques
Sentaient déjà, des griffes diaboliques,
L'ongle crochu s'efforcer de nouveau
De leur ravir le précieux fardeau,
Lorsqu'un lévite, outré de tant d'audace,
Et puis sans doute inspiré par la grâce,
S'avance et dit : « Damnez! retirez-vous!
« Osez-vous bien vous attaquer à nous!
« Et de quel droit troubler la paix du juste!
« Au nom du Christ et de son père auguste,
« Je vous adjure! écoutez mes accents!
« Ah! vous vouliez être maîtres céans!
« Eh bien! vous y serez, mais dès lors impuissants.»

Du frère André dans ces déserts agrestes,
Paisiblement on inhuma les restes ;
Et de Franchard, la croix en ce saint lieu,
Atteste encor le miracle de Dieu.

Le lendemain de cette nuit terrible,
Le bois, dit-on, s'éveilla plus paisible,
Mais tout rempli de monstres pétrifiés,
Les uns couverts d'écailles raboteuses,
Et la plupart, sous leurs formes hideuses,
Avec leurs noms fort bien identifiés.

Puisque la promenade est maintenant tranquille,
Nous pouvons traverser cette gorge de houx
Et ce grand bois de pins dont la cime fébrile
Ne bat plus sous l'autan et ne sent plus ses coups.
Voici d'abord la grotte un peu tombée en ruines
Qu'on a depuis longtemps dédiée en ces bois
Au roi Philippe-Auguste, à ce type des rois
Qui, sur son oriflamme, aux plaines de Bouvine
Implorant du Très-Haut l'assistance divine,
Voulait pour le plus digne abdiquer tous ses droits.
Tout près de cette grotte est l'admirable chêne
De ce Gaston de Foix, le vainqueur de Ravenne,
Qui de sa vie à peine encore dans la fleur,
Périt victime, hélas ! de sa bouillante ardeur.

Nous voici maintenant au rocher d'Henri Quatre,
Ce roi qui sut aimer aussi bien que se battre,
Et qui de vert-galant a mérité le nom.
Tout près de lui, c'est son ami Crillon,
Dont l'affection dans les combats vieillie

Devait lui mériter d'avoir part à moitié,
    Dans cette agreste galerie
Ici très-sensément ouverte à l'amitié.

Au pied de ce rocher, votre regard sans peine
Peut reconnaître encor, près du soldat d'Ivry,
A son fût élevé, cet admirable chêne
Dédié par Sylvain au chevalier Laury.
Là-bas, à l'horizon, sur la lointaine plage
Où croît le bananier et le cactus en fleurs,
    Entendez-vous la fête du village,
Bondir, étourdissante, en riantes clameurs!
On était en juillet; la champêtre musette,
L'amoureux galoubet et le gai tambourin
D'une danse sans art, innocent interprète,
Animait au plaisir par son bruyant entrain.
Quel tableau ravissant! quelle gaîté folâtre:
Voyez-vous, au milieu de ces vertes pampas,
Le nègre, le métis, le blanc et le mulâtre,
Se livrer, confondus, à leurs joyeux ébats?
Et sans même en rougir, la timide innocence
A côté de l'amour, prendre part à la danse!
A quelques jours de là, triste calamité,
Un vent brûlant, soudain, avec violence,
Après avoir passé sur notre belle France,
    En arrivant sur la localité
Acquérait du simoun l'horrible intensité.
Et l'enfant du désert, le coursier intrépide,
    En devançant son vol rapide,
    De la caravane, en ce jour,
Venait, heureusement, d'annoncer le retour,
    De Tombouctou, la ville fabuleuse,

De l'immense Soudan, de la riche Podhor
Rapportant, en tributs, et le morfil et l'or.
Mais à ce Sénégal, terre alors calme, heureuse,
Ce vent perfide, aussi, comme un tribut nouveau.
Amenait en son sein un terrible fléau :
La fièvre jaune ; et par lui dépeuplées,
De ce brûlant climat les villes désolées
Ne présentèrent plus aux rares habitants
Que spectacles hideux, que tableaux déchirants.
On vit, contrairement aux lois de la nature,
Les époux s'éviter, se fuir Sans sépulture
Les morts gisant partout. C'est alors que ton cœur
Pour la première fois, Laury ! se fit connaître.
Au plus fort du danger toujours prompt à paraître
Tu ne considérais ni titre, ni couleur
Car ton âme sensible, en ces jours de misère,
Dans tout homme souffrant ne connaissait qu'un frère.
Ainsi du pieux Belzunce, en ces lieux, on t'a vu
Par ton noble courage égaler la vertu ;
Mais de ton dévoûment, victime généreuse
Vaincu par tant d'efforts, peut-être qu'à ton tour,
Loin des bords regrettés de la mère-patrie,
Allais-tu, par le mal, succomber sans retour.
Quand d'un autre Français, soudain, la main amie
Au trépas, par ses soins, parvint à t'arracher.
Grâce à la charité qui vous fit rapprocher,
Vous êtes devenus deux vrais amis, deux frères ;
Et l'Empereur qui sait, des nobles caractères,
En bon juge, toujours, apprécier la valeur,
Fit briller sur ton sein l'étoile de l'honneur.

Ce rocher, par ici, c'est le sphinx du Druide

Offrant encore à tous l'énigme à deviner ;
En effet, à ces rocs, en table, en pyramide,
Pourquoi s'est-on complu jusqu'alors à donner
Les noms de ces auteurs dont le talent magique
Chaque jour au flambeau d'une saine critique,
Dans ces obscurs sentiers nous montre le chemin ?
Pour en trouver le mot, Gautier, d'Ivoi, Janin,
Fiorentino, mettez votre esprit en pratique.
Parmi tous ces rochers, il en est un à part
Auquel on a donné le nom d'Alphonse Karr,
Parce que mainte fois (la date que fait-elle) ?
D'une anfractuosité qui se trouve en son sein
De Guêpes on a vu s'échapper un essaim.
Pourquoi s'en étonner ! la chose la plus belle
Un diamant, par exemple, a sa pointe cruelle.

Voici, non loin de là, deux sites curieux :
L'oasis du tonnerre et l'antre du déluge,
Un touriste éclairé doit être assez bon juge
        Pour les apprécier tous deux ;
Car en cet antre on peut rencontrer un refuge
Contre la foudre, et ces mastodontes.affreux
Que nous offrent ici ces rochers monstrueux.

Maintenant, d'Albion, voilà des noms célèbres :
Sheridan, Lord Byron, Shakspeare, Newton,
Walter-Scott, Thomas Moore, Adisson et Milton.
Qui tous ont eu déjà leurs oraisons funèbres ;
Mais ici c'est le roc de sir Charles Napier,
        Nom illustre dans la marine,
Et celui d'Edmond Read, rival de Lamartine ;
Pour ces deux-là, du moins, on n'a pas à prier.

Puis, tournons par ici, nous serons tout à l'heure
A l'endroit bien connu de la roche qui pleure ;
Car, un jour, en effet, une larme y tomba.
Et c'est de l'œil d'un roi, dit-on, qu'elle coula.
C'était au mois de juin, et la belle vallée
Au souffle du zéphir mollement ondulée,
De la bruyère rose et du bluet d'azur,
Revêtait pour ce jour l'émail frais et si pur.
    La reine Blanche de Castille
N'était plus, et le pieux héros de Taillebourg,
Trop douloureusement frappé dans sa famille,
En France, depuis peu, se trouvait de retour.
Dans ses déserts chéris, avec sa cour entière,
Un jour il arriva que, s'étant égaré,
Il se revit aux lieux où, par l'humble prière
Au ciel son cœur souvent s'élevait épuré.
Et c'est là que, furieux, le diable sur la crypte,
De son ongle a laissé ce signe aussi profond
Que celui dont son maître avait marqué son front.
L'atmosphère embaumée de Chypre et de l'Egypte,
    En rappelant les douces émotions,
Dans sa mémoire, alors, sans pouvoir s'en défendre,
Il revoyait tous ceux qui, près du Nil, un jour,
Périrent dévorés par le fer et l'amour.
C'était surtout d'Artois, ce frère noble et tendre,
Qu'il vit à ses côtés tomber au champ d'honneur,
Victime de sa pieuse et bouillante valeur ;
La belle Marguerite, au plus honteux servage
Préférant du trépas les horribles tourments,
Et tant de fiers barons morts ou dans l'esclavage
    Chez les barbares musulmans.
S'agenouillant au pied de ces roches désertes

Bien moins grand sur le trône encor que dans les fers,
Ce roi chrétien ainsi donnait à l'univers
Des preuves de piété bien rarement offertes.
Pour ceux qui n'étaient plus, il priait le Seigneur,
Et lui-même, oubliant ses récentes alarmes,
Ne pouvait, dans sa sombre et poignante douleur,
   Que leur offrir le tribut de ses larmes.
Aux prières du juste on entendit alors
Tous les oiseaux du ciel mêler leurs doux accords;
On vit le faon léger et la biche timide,
Sur ces scènes d'amour fixer un œil humide;
Et le loup, le sanglier, par l'instinct emportés
Dans l'épaisseur du bois s'enfuir épouvantés.
De cette larme ainsi l'origine est connue;
Eh bien, depuis le temps qu'elle fut répandue,
La goutte, en sa fraîcheur que rien n'a pu troubler,
Sur le rocher jamais n'a cessé de couler.

Des bois de la Tillaie au vallon de la Solle,
   N'entends-je pas de joyeux chants?
On dirait des enfants échappés de l'école!
Ce sont des cris naïfs de ces jeunes savants
Trahissant de Paris la vive et franche allure,
Qui viennent, pleins d'ardeur, étudier la nature
Sous les ombrages frais de ces arbres géants
Par Jean-Jacques, Jussieu, fréquentés dans le temps.
Ici, c'est l'insatiable et curieux botaniste,
Pour ses nombreux herbiers faisant provision
De fleurs de toute sorte et de toute saison.
Là, son filet en main, c'est le naturaliste
Prenant l'agile insecte, et d'un air glorieux
Qui vient de le fixer à son feutre orgueilleux.

Combien de Cerambix, que de Coléoptères, .
De Dicomes, d'Alax et de Lépidoptères,
De ces ardents chasseurs ont éprouvé les traits !
Voyez-vous ce jeune homme à l'aspect plein d'attraits,
Qui, peu soucieux du soin d'une vaine parure,
Laisse flotter au vent sa brune chevelure,
Et présentant aux yeux des habits chamarrés ,
De scarabés brillants, de papillons nacrés,
Vient de saisir en mains une énorme vipère
Sans songer au péril qu il peut ainsi courir?
C'est Edouard Mollinet, digne fils de son père,
Pour lui, dans son ardent besoin de découvrir,
La science, déjà, n'a plus même un mystère ;
N'en soyons pas surpris, il sait l'étudier,
Et son génie, un jour, nous promet un Cuvier.

De la savante et grave Germanie,
Voici dans ce fourré plus d'une illustration :
Leissing, Wieland, Goëthe, dont l'étonnant génie
Lui fit trouver de Faust la belle création.
Klopstock qui, s'inspirant du sujet qui l'entraîne,
Nous peint le Christ venant racheter l'univers,
Schiller, plus grand encor, qui doit à ses beaux vers
Les succès éclatants qu'il obtint sur la scène.

Quels sons mélodieux qui vibrent dans les airs?
C'est de Paganini les suaves concerts;
Près de lui, c'est Vieuxtemps et Bertrand son élève
Dont l'archet expressif charme, séduit, enlève.
Bériot qui, de son art, connaît tous les ressorts,
Sivory dont la note étincelle, pétille
Sous ses agiles doigts. Et toi Fischer qui brille,

Et par ta double corde et tes divins accords,
Dont le pauvre, toujours, recueillit les trésors.

Puis n'entendez-vous pas ces brises d'harmonie
C'est Listz, dont le talent égale le génie.
Thalberg, l'inimitable, en son art séduisant
Le premier de nos jours; qui jette en se jouant,
Véritable enchanteur, sur ses touches d'ivoire
Des flots de diamants, de perles et de gloire.
Cet autre à ses côtés, c'est Emile Prudent,
Sur la route du beau, par les maîtres tracée,
S'élançant en vainqueur; dont la légère main
Traduit sur le clavier sa gracieuse pensée
En mille frais boutons de rose et de jasmin.

De la Solle, à présent nous voyons la futaie;
Ici, pas un seul monstre et rien qui nous effraie.
Tout y laisse à l'esprit sa pleine liberté
Pour pouvoir admirer l'agreste majesté
De ces arbres géants aux troncs gris, creux, antiques,
Qu'on prendrait pour autant de chapelles gothiques;
La source Sauguinède offrant au goût charmé
Son liquide cristal de rosée embaumé,
Qui, caressant, au pied de la roche Eglantine,
Qu'entourent le myrtil, le thym, le serpolet,
Lui murmure tout bas cette langue divine
Du doux bruissement des flots sur le galet.
Adorable d'Orly! ta fontaine captive,
De l'ardeur du soleil, au milieu du désert,
Conserve sa fraîcheur; de ses feux à couvert,
Tu suis le sort commun, ton onde fugitive,
Emblême de nos jours qui n'ont pas de reflux,

Au terme de son cours ne le remonte plus.

De Christine et de sa victime,
Nous arrivons au chêne en forme de fauteuil;
Là, de Monaldeschi, l'ombre, sous son linceul,
Revient toutes les nuits lui reprocher son crime,
En l'y tenant clouée ainsi qu'en un cercueil.

Mais, détournons les yeux de ces scènes austères.
Ces arbres ont des noms : c'est Scheffer les deux frères,
Vernet, Yvon, Picot, Delacroix, Ingre, Hersent,
Delaroche, Cogniet, Flandrin, Court, Roqueplan,
Biard, Meissonnier, Diaz, amant de la nature,
Schopin, Steuben, Rouget, Williams, Stevens, Couture,
Winterhalter, Dubuffe au talent gracieux,
Genod qui parle au cœur encore plus qu'aux yeux.
Puis-je ne pas parler de ces grands chefs d'école.
Vous tous, Gros, Girodet, Gérard, Guérin, Prud'hon,
Léopold, Géricault, éteints avant leur nom,
Mais entourés déjà d'une vive auréole.

Ce genevrier en fleurs, dont l'air est embaumé
D'une femme d'esprit aussi bonne que belle,
Ami touriste, en ces lieux, vous rappelle
Le nom deux fois illustre et doublement aimé.
C'est celui d'Ancelot; car, si l'Académie
Est fière de l'un d'eux, l'autre est cher à Thalie;
Et ses brillants salons, arbitres du bon goût,
Sont, de l'esprit français, le charmant rendez-vous

Ici, c'est le Chaptal, le Lagrange et le Monge.
En ce chêne si beau vous voyez Béranger.

Ecoutons ! c'est bien lui, ce n'est pas un vain songe,
Il chante sa Lisette en un refrain léger.
Près de lui, c'est Dupont ; j'entends aussi sa lyre
Préludant à ces chants que déjà l'on admire.
Des deux anges, un jour, inspiré par son cœur,
L'Europe a salué le poeme enchanteur.
Avec la liberté, cet esprit droit, sincère,
Chante aussi la vertu qu'il sait aimer en frère.

Ces deux chênes égaux, de cet autre côté,
Nous présentent les noms de deux puissants ministres,
Richelieu, Mazarin, devenus les arbitres
Du sort des grands vassaux et de la royauté.
Voici l'aimable auteur de cent fables charmantes,
Que l'on relit toujours pour leurs grâces touchantes,
L'ingénieux Florian. Le bon Charles Nodier,
Cœur sûr, esprit aimable, et Pitre-Chevalier,
Au cœur d'or et de fer, enfant de la Bretagne,
Dont il chanta si bien les luttes, les combats,
Ces combats de géants et leur digne compagne
La gloire qui, toujours, suivit ses fiers soldats
Tous ses brillants récits que la grâce accompagne,
Et qui semblent écrits pour la postérité,
Doivent aller ensemble à l'immortalité.
Puis c'est Châteaubriand, rare et puissant génie,
En qui la religion à l'éloquence unie
Est comme un astre à part, dont la vive splendeur
Perce encor chaque jour les voiles de l'erreur.
Montesquieu dont le nom, par son esprit sagace
Au rang des bons auteurs a déjà pris sa place.
Là-bas. près de ce bois, sanctuaire sacré,
Lieu chéri d'Apollon, des muses révéré,

Je vois le Jubinal, au verdoyant feuillage,
Étendre au loin ses rameaux protecteurs
    Sur les peintres et les auteurs,
Pour les abriter tous sous son épais ombrage.
C'est une grande idée, il est bien, selon moi,
De prendre un si beau rôle, il est digne de toi !

Ces trois arbres plus loin, à la haute stature,
Vous offrent les soutiens de la littérature,
Le pays à leur nom en a confié l'honneur.
Comme le fils d'Alcmène a soutenu la terre,
    Corneille, Racine et Voltaire
Sauront la maintenir à sa noble hauteur.
Admirons maintenant, dans ces chênes antiques,
Ces noms d'anciens et de nouveaux croisés ;
C'est d'abord Lusignan, dont les rameaux brisés
Disent, sur le Jourdain, ses luttes héroïques ;
Ici, Montalembert. esprit sain, généreux,
    De ses opinions champion courageux ;
Là, Donoso-Cortès, talent diplomatique,
Éloquent avocat du parti catholique.

Voici des lauréats de palme académique :
Anaïs Ségalas, Tastu, Collet, Waldor,
Quatre cœurs tout français et quatre plumes d'or.

Voyez ce carrefour tapissé de fougère ;
La mémoire du cœur, à la fidélité,
    L'a dédié, car d'un chien regretté
Il rappelle, en ces lieux, l'affection sincère.

Ce houx, devant lequel on s'arrête charmé,

C'est Calame, un grand peintre, au talent estimé.
On croit que la nature a chargé sa palette,
Tant il sait se montrer son fidèle interprète.
Puis-je vous oublier, juste orgueil du Jura,
Mon vieil et noble ami, vous, Jacques Juillerat !
Dans ces flots écumeux, dont votre main habile
  Rend si bien les nappes d'argent,
Et ces arbres si vrais, au feuillage mobile,
Que l'on dirait encor agités par le vent ;
Le regard connaisseur retrouve la nature,
  A son grand air de vérité,
  Tantôt dans sa fraîche parure
Et tantôt dans son âpre et sombre austérité.

Les chaleurs avaient fui ; l'on était en automne.
Par un de ces beaux jours que le Seigneur nous donne,
Et que d'été plutôt on prendrait pour un jour,
N'était ce fruit vermeil au duvet de velours
Qu'on voyait pendre à l'arbre, et la grappe vineuse
Offrant au vigneron sa liqueur spiritueuse
Qui bientôt, fermentant sous ses cercles de fer,
Promet de l'égayer en ses longs soirs d'hiver ;
Le ton chaud et brillant de la feuille empourprée,
Appelait les pinceaux du joyeux Barbison.
Du vallon de la Solle aux gorges d'Apremont,
Les yeux suivaient le vol de l'abeille empressée
Pour composer son miel, s'en allant sur les fleurs
Butiner, sans merci, les dernières faveurs.
Des calèches sans nombre, aux six chevaux de race,
Qu'à l'anglaise menaient des postillons fringants,
Aux ailes de pigeon, aux poudreux cadogans,
Arrivaient à la file ; et le fouet, sur leur trace,

Faisait retentir l'air de nombreux cinglements.
Cette vive rumeur, ce brillant équipage,
De Louis-Napoléon représentaient la cour,
D'un fort à l'Empereur accourant voir l'hommage,
Dernière illustration du sylvain Denecour ;
Et lui, le vieux soldat, se trouvait à la tête
Des notables du lieu, tous en habits de fête,
Saluant de leurs cris l'élu de la nation,
L'Henry Quatre nouveau de la population,
L'ami de l'ouvrier, son protecteur, son père,
Celui dont l'instinct sûr, près du riche brocard,
Avait su distinguer une étoffe grossière,
Que pour l'artisan seul on fabriquait à part.
En touchant de Jacquard la navette magique,
Il voulait, par ce fait, honorer la fabrique.
Grâce à lui, cet honneur à Jacquard restera,
Et jusqu'en l'avenir Lyon s'en souviendra.
Du faîte de ce fort planant sur l'étendue
Quel beau panorama vint s'offrir à sa vue :
Une mer de verdure et des rives sans bords,
Des fruits, des fleurs, des bois, et le Loing et la Seine,
Dans leurs flots transparents reflétant ces accords,
Déployaient à ses yeux une admirable scène.
Sur le chemin alors, de Lyon à Nemours,
Fixant les yeux, il put évoquer ces vieux jours,
Où de leurs bois touffus, le doux et frais ombrage
Abritait en passant les héros d'Ascalon,
De Nazareth, de Zara, de Bouvine,
Philippe-Auguste et toi Richard Cœur-de-Lion,
Quand vous alliez en Palestine,
Relever du vrai Dieu le saint temple et le nom.
Gloire à vous ! cœurs vaillants, la France vous regarde,

Dans votre dévoûment que Dieu vous soit en garde !
D'abord c'est Saint-Germain et ses verts horizons,
Puis Brunoy, sa vallée et ses blanches maisons,
Puis Montlhéry, dont la tour peu commune
Et ses vieux revenants font encor la fortune.
Plus loin il vit Moret et sa cage de fer,
Vrai tombeau par Louis Onze à La Balue ouvert,
Et puis son vieux couvent qui là-haut la domine,
Où sur l'orgue sacré, les filles du Seigneur
De leur mystique amour, chaque soir en une hymne,
Exhalaient tendrement leur pieuse ferveur.
Sur ces points culminants l'âme se sent pressée,
Pour parler à son Dieu d'épurer sa pensée
Et de se dégager de lien matériel.;
C'est de là qu'elle entend, comme en un saint mystère,
  Et les derniers bruits de la terre,
  . Et les premiers concerts du ciel.
Au flanc de cette verte et riante colline,
Baignant son joli pied dans la Seine voisine,
Il voyait Thomery ; délicieuses villas,
Ses maisons aux murs blancs sont pour le chasselas
Des vergers continus, de véritables treilles,
Où s'attachent son pampre et ses grappes vermeilles.
Tout près de ces beaux lieux il découvrait Milly,
Par Vendôme habitée et par Montmorency ;
Plus loin, Hulland, Blandy, de ses deux tours si fière :
Montigny, puis Nemours, demeure princière,
Prison des d'Armagnac, un des plus vieux châteaux
Dont on admire encor les solides créneaux.
Montreau, par sa bataille à jamais illustrée,
Melun, à Notre-Dame à bon droit comparée,
Mais qui rappelle trop de sang, de trahisons,

Citant avec orgueil encor d'illustres noms ·
Abeilard, dont partout la jeunesse dorée
	Accourait aux doctes leçons ;
Ville qui doit surtout se trouver honorée
D'avoir donné le jour au bon Robert le Pieux,
Aimé des indigents, partageant avec eux,
Maître de ses passions, au cœur plein de franchise,
Et mettant son plaisir à faire des heureux.
Tout près, c'est la villa si chèrement acquise
(Et soixante millions témoignent de l'orgueil)
Où l'intendant Fouquet fit mettre sa devise :
« Où n'atteindrais-je pas! » auprès d'un écureuil.
Blason vain, en effet, qui, provoquant l'envie,
L'a fait à Pignerol enfermer pour la vie.
Puis ses yeux en suivant, du chemin d'Orléans,
Près du bois des Seigneurs, les méandres charmants,
Voyaient, en déployant sa splendeur sans égale
Passer de Charles Sept la marche triomphale.
Jeanne d'Arc, à sa droite, au regard inspiré,
Faisait flotter au vent l'oriflamme sacré
Où l'or avait écrit en brillant caractère :
Mont-Joie et Saint-Denis ! ce noble cri de guerre,
Dunois, le beau Dunois, sur son fougueux coursier,
Avec son casque d'or tout relevé d'acier.
Barbentane, Clisson, La Trémouille, Saintrailles,
Aux corps bardés de fer, bronzés par les batailles,
Gardaient le souverain de leurs bras vigoureux;
Puis venait de la cour la foule étincelante,
Et sur sa haquenée, une femme charmante,
Par sa désinvolture attirant tous les yeux,
Marchait en tête : Agnès Sorel, resplendissante
En tous ses mouvements, de joie et de bonheur,

Car son roi bien-aimé partout était vainqueur.

Après qu'il eut joui de tout ce qu'on admire
En ce beau point de vue, au soldat de l'Empire
Louis alors s'adressant : « Bien ! je vous reverrai,
Et d'ici peu, dit-il, à vous je penserai ; »
Puis, aux acclamations de la foule enivrée,
Il partit.....
    Maintenant la route est délivrée,
Cher touriste, à peu près de tous ses curieux ;
Continuons. Bientôt va s'offrir à nos yeux
Un autre belvéder. De la reine Amélie
Celui-là, dans son temps, fut souvent visité :
Je l'admire à mon tour ; et mon âme attendrie,
Plaint le sort de la mère et de la majesté.

Nous sommes à Changis. Près de ce labyrinthe,
Voyez à l'orme uni ce chêne mutilé ;
C'est celui d'Abeilard. Mais d'où naît cette plainte,
Ne vous semble-t-il pas que quelqu'un a parlé ?
A ce cri de l'amour, qu'un souvenir attise,
Ah ! je te reconnais trop sensible Héloïse ?
De ton triste destin je comprends les douleurs,
Amante infortunée, et je plains tes malheurs.
L'attrait de la science, en un âge encor tendre,
S'était plu d'enflammer vos cœurs faits pour s'entendre.
Ah ! pourquoi, dans l'amour qui vous avait unis,
La barbarie, hélas ! vous a-t-elle punis !

Regardez maintenant cet admirable chêne
Lançant vers l'Orient ses branchages nerveux,
Et qui, malgré ravins, précipices, promène

De ses fibres, au loin, les tissus vigoureux.
C'est celui de Lesseps qui, d'un désert aride,
Va faire une oasis où le plaisir réside,
Et veut par des travaux glorieux, incessants,
Canalisant Suez, unir deux océans.
Belly, de Panama rompant la résistance,
Va permettre aux vaisseaux d'abréger la distance
Que naguère ils trouvaient dans le parcours des mers,
Et pouvoir en deux mois visiter l'univers.
Gloire à vous! nobles cœurs, la France vous regarde.
En vos rares efforts que rien ne vous retarde,
Ni les rocs endurcis, ni les flots irrités,
Ni les cris des envieux contre vous excités;
Car votre mission, j'en ai le ferme augure,
Un jour s'accomplira dans sa vaste mesure.

Plus loin, c'est Lavoisier, Volta, Ruolz, Fulton,
Descartes, Mongolfier, Galvani, Watt, Newton,
De problèmes épris, ardents à les résoudre,
Et Franklin qui, du ciel, fit descendre la foudre.

Tous ces arbres, plus loin, élevant vers les cieux,
Comme s'ils y lisaient, leurs sommets curieux;
De la marche des corps, des astres innombrables
Sont les calculateurs, savants, infatigables :
Ptolémée avant tous. Puis Copernic, Tycho,
Delambre, Donati, Struve, Ampère, Arago.
Lalande, Biot, Francœur, vous surtout Galilée,
Vous, autour du soleil, pour avoir deviné
La marche de la terre et l'avoir dévoilée,
Qui vous vîtes aux fers trop longtemps condamné.
De la marche du temps infaillible interprète,

En vain leur annuaire où son cours est tracé,
Nous suppute les jours que sans cesse il rejette
Dans les abîmes du passé.
Des hommes, ici-bas, illusion fatale !
Même alors qu'il subit son immuable loi,
Chacun croit que le temps par faveur spéciale
Marche pour d'autre que pour soi.
Et de ces jours si prompts à passer, à renaître,
De ces jours à la fois si craints, si désirés,
Combien m'en reste-t-il? Je l'ignore, peut-être
Bien peu me sont-ils assurés.
Mais, d'ailleurs, après tout qu'en importe le nombre ;
Le jour au jour qui suit est-il toujours pareil !
Non, si parfois l'un d'eux nous apporte de l'ombre,
L'autre nous donne du soleil.

Des arbres dédiés aux orientalistes,
Ceux que l'on voit ici briller au premier rang
Sont Champollion, Klaproth ; pour les naturalistes,
Humbold le patriarche et son ami Bompland.
Buffon, Pluche, Cuvier, Daubenton, Lacépède,
Sagace observateur, dont le style élégant,
Pour peindre la nature, à nul autre ne cède.

Près d'eux c'est le Saulcy et plus loin le Michon,
Modernes voyageurs. De l'antique Sion,
Dans de nombreux récits aussi vrais qu'admirables,
Ils nous ont raconté les gloires ineffables.
Bethléem, Jérusalem, ils ont peint vos splendeurs ;
Et vous, lac Asphaltite, ils ont dit vos douleurs.

Du vertueux Dousseaux, ici, chacun contemple

Dans ce chêne touffu le nom si vénéré.
De l'amour du prochain en tout temps dévoré,
Aumônier d'un grand prince, il sut, donnant l'exemple
Au milieu des combats, en ses soins empressés,
Ranimer les mourants, secourir les blessés.
O d'un culte divin, noble et pieux ministère,
Que de bien tu permets d'accomplir sur la terre !

Puisqu'ensemble tous deux nous allons à Larchant,
Sur notre route ici saluons en passant
Ces rochers tout fleuris dits de la Salamandre,
Où François de Valois, tout seul à se défendre,
Terrassa, dit l'histoire, un sanglier furieux ;
Et si vous m'en croyez, en passant en ces lieux,
A la croix de Souvray nous ferons la prière.
Ce signe du salut, élevé sur la pierre,
N'est-ce pas l'espérance au milieu du désert,
Montrant de loin le port qui, seul, met à couvert.
Sous ces pampres épais, ici le daim s'abrite,
Là, d'Ury nous trouvons la chapelle et les bois ;
Saluons ce plateau, car ainsi qu'autrefois
Nous y voyons couler la fontaine bénite
Qui, de saint Mathurin, jusqu'à ce jour, dit-on,
Toujours vive, abondante, a mérité le nom.
Une fois seule, après deux ans de sécheresse,
Elle vit de ses eaux se tarir la richesse,
Mais le bon Mathurin, attendri de ses pleurs,
Par un miracle alors l'avait changée en fleurs.
La légende, au surplus, n'en est pas contestée,
Car, de son pied sacré, cette marque est restée.
Depuis un mois à peine on était au printemps,
Et le ciel avait fait une de ces journées

Où des arbres en fleurs les senteurs émanées
S'épandant dans les airs, portaient en tous les sens
Du bonheur d'exister les charmes enivrants.
Sous ces impressions de la belle nature
Mes pas en la forêt erraient à l'aventure,
Et m'étant oublié, sans m'en apercevoir,
A Larchant j'arrivai seulement sur le soir.
Hippolyte Petit, ma mémoire fidèle,
Du nom des gens de bien, aisément se rappelle,
Fut celui par lequel je me vis invité
A recevoir l'abri de l'hospitalité.
La lune se levait; sa paisible lumière
D'un éclat singulier remplissait l'atmosphère,
Et la tour, à ses feux, brillante de splendeur,
Paraissait croître encor de grâce et de hauteur.
Nous rentrâmes chez lui, car déjà la veillée
Venait d'y réunir la jeunesse éveillée.
De ses chants primitifs elle frappait les airs
Et l'âme était émue à ses naïfs concerts.
Un fiancé (l'amour en tous lieux est le même),
Sur le cou de sa belle avait pris un baiser,
Et loin de le punir de ce qu'il vient d'oser
Elle tendit son front pour avoir le deuxième.
Tableau digne de Greuze ! un homme à cheveux blancs
Prit la parole alors : « Vous voyez, mes enfants,
Là-haut, sur notre tour, cette cloche élevée,
De nos révolutions seule ruine sauvée,
Eh bien ! c'est par moi seul qu'elle se trouve-là ;
J'avais quatre-vingts ans quand ma main l'y plaça.
Dire comment cela s'est passé, je l'ignore,
Mais l'inscription existe et peut le dire encore. »
Pauvre Larchant la sainte ! où donc est-il le temps

Où déployant joyeux leurs bannières aux vents
Des pèlerins sans nombre aux chants d'un saint cantique
Encombraient tous les ans ta riche basilique !
Quel spectacle imposant ! mon Dieu, que c'était beau !
Et tu n'es aujourd'hui que poussière et tombeau !
Puis le vieillard se tut. Ses sombres rêveries
Avaient du merveilleux parmi les auditeurs
De souvenirs lointains ravivé les douleurs.
« Un soir, pour regagner nos cabanes chéries
« Perdus, en traversant les mouvantes prairies.
« Frère ! te souvient-il de ces gémissements
« Dans ces prés s'affaissant sous nos pas chancelants
« Et de ces feux-follets, flammes blanches et vives
« Nous entourant, et puis expirant fugitives
« Pour nous plonger soudain dans une obscurité
« Dont la terreur doublait encor l'intensité.
« Oh ! quelle affreuse nuit ! c'étaient les tristes âmes
« Des pauvres habitants fuyant devant les flammes
« De leurs toits embrasés, et tombant engloutis
« Pêle-mêle, au milieu de cruels ennemis,
« Dans ces terrains sans fond, ces vastes fondrières,
« Nous demandant pour eux nos ferventes prières.
« Ah ! qui que vous soyez, voyageurs imprudents,
« Fussiez-vous de Brennus un des fiers descendants,
« Craignez de traverser ces profondes ténèbres
« Et d'égarer vos pas en ces plaines funèbres.
« — Et toi, te souvient-il également, ma sœur,
« De la nuit de Noel, nuit pleine de terreurs,
« Où rentrant tous les deux dans notre humble chaumière,
« De la croix des soupirs traversant la clairière,
« Notre oreille, soudain, put distinguer ces cris :
« Epargnez mon vieux père ! oh ! grâce pour mon fils !

« Pitié pour mon époux ! pour ma mère chérie !
« Des cliquetis de fer, des sanglots d'agonie,
« Des angoisses, des pleurs, quelques soupirs encor,
« Puis après tout ce bruit le calme de la mort ! »
Hélas ! depuis ce temps, les ronces et le lierre
Du temple du Seigneur ont envahi la pierre.
Profanant le saint lieu, les oiseaux de la nuit,
Aux voûtes de ses nefs ont établi leur nid,
Et la plaintive orfraie, et les noires corneilles ·
S'abattant par milliers sur ces nobles merveilles,
De leurs ébats joyeux, des fruits de leur amour
Ont peuplé désormais les créneaux de sa tour.
Oh ! qu'elle est belle encore avec ses statuettes,
Ses consoles, ses dais, ses riches chapiteaux,
Ses torses, ses frontons, ses délicats arceaux,
D'ogives trilobées à hautes colonnettes,
Sa balustrade à jour au dessin flamboyant
Élevant dans les airs son riche entablement.
Et plus bas sous son porche, admirable sculpture,
En un beau bas-relief, mais moins grand que nature,
On voit le Christ juger les bons et les méchants,
Les morts. de leurs tombeaux, reprenant l'existence,
Et qui montent au ciel chercher leur récompense,
Ou sont précipités dans les feux dévorants.

Sous ce feutre élégant orné d'un blanc panache,
Quelle est cette amazone, au beau coursier sans tache ?
Un air de majesté semble la revêtir.
Cette femme encor jeune, hélas ! d'un roi martyr,
C'est la royale enfant ; l'orpheline du Temple.
Sur ces ruines, sans doute, elle vient pour prier,
Car elle est à genoux et je la vois pleurer.

Larchant ! de cette femme ici qui te contemple,
Hâte-toi d'en louer le Seigneur en ce jour,
Ces larmes sauveront les ruines de ta tour.
Car en se relevant, la dauphine de France,
Leste comme une biche, en montant son coursier,
Disait au bon Samson, son fidèle écuyer :
Il faut rendre à Larchant son antique élégance ;
J'en veux parler au roi, son cœur me comprendra
Et pieux comme il l'est, il la réparera.

Depuis ce jour lointain, la tempête est venue
Et la promesse, hélas ! n'a point été tenue !

Des Français, souveraine, autant par la beauté
Que par le nom, le sang, la noble dignité ;
Epouse par le choix de l'élu de la France,
De ce héros qui doit à sa vaillance
L'honneur de succéder au grand Napoléon ;
Digne fille d'Espagne, à ton généreux nom
Retourne désormais ce pieux héritage !
Pour un cœur noble et grand, est-il plus bel hommage !
Puisqu'il est en ce legs honorable à remplir
Ruines à réparer et larmes à tarir.

Des gorges d'Apremont ici s'offre la route ;
Suivons-la ; même après tant d'objets gracieux
A nos regards, j'ai l'espoir qu'en ces lieux
Des noms pleins d'intérêt apparaîtront sans doute.
D'abord ce noble chêne en sa tête frappé
·Par la foudre, et qu'on voit au bout de la clairière,
C'est le bouquet du roi. De chasses occupé
De nos jours, Charles Dix, avec sa meute entière

De ce délassement recherchait les ébats.
A son cher fils Berry, sa vieille expérience
Répétait : Si le daim te passe à quelques pas,
Tu dois à ta victime épargner la souffrance,
Oh ! vise à le tuer, mais ne le blesse pas !
Des révolutions, avant les jours d'orage
    Bien souvent le roi des Français,
    Y vint de son épais ombrage
    Rechercher le calme et la paix.
Mais, tout brisé qu'il est des coups de la tempête,
De cet arbre royal dont l'aspect seul arrête,
Par ce qui reste encor, à son air de grandeur,
On sent que dans ces lieux il fut maître et seigneur.

Ce beau chêne ondulant dans ces flots de lumière,
Dont le soleil encor ravive les couleurs,
C'est Jeanne d'Arc, cette humble et pudique bergère,
    L'héroïne de Vaucouleurs.
Qui de Dieu seul tirant toute son assistance,
    Chassa l'ennemi de la France,
Fit sacrer Charles Sept de l'ampoule des rois,
Et n'obtint qu'un bûcher pour prix de ses exploits.

Cet arbre gracieux, d'essence peu commune,
Est un nom cher aux arts : Augustine Brohan
Toujours prompte à prêter son magique talent,
Dès qu'on y fait appel au nom de l'infortune.

Dans ce chêne touffu tu vois le Pharamond
Elevé par ses Francs sur le pavois antique.
Désormais devenue un Etat monarchique
De ces peuples guerriers la France a pris son nom.

Mérovée, après lui, saisissant sa framée,
Du féroce Attila va combattre l'armée,
Et l'atteignant bientôt aux champs Catalauniens,
Fait tomber sous ses coups deux cent mille des siens.
Aussi c'est dès ce jour qu'à la France fidèle,
La victoire a marché constamment avec elle.

Ces arbres verts encor au feuillage si beau,
Portent les noms unis de Hoche et de Marceau ;
Deux braves généraux de l'époque brillante
Où la France faisait en sa gloire naissante,
A tous ses ennemis redouter sa valeur.
Hélas ! en leur printemps, pourquoi pour la patrie,
Quand leurs talents présageaient sa grandeur,
Au milieu des combats ont-ils perdu la vie !
    Ah ! je les vois ces deux jeunes guerriers
    De leur sang généreux arroser leurs lauriers ;
    Car ces martyrs de la plus sainte cause
    Savaient qu'un sol foulé des oppresseurs,
    Quand c'est le sang des Français qui l'arrose,
    Doit être un jour fécond en défenseurs !

Sur ce plateau sacré que le mélèze ombrage,
Voyez-vous ce bel arbre aux deux branches en croix ?
C'est le chêne du Christ ; quelle sublime image !
Voici l'ami du pauvre, et celui dont la voix
Consola ses douleurs, et chargeant nos misères
Pour apaiser les célestes colères,
Expia nos péchés sur un infâme bois.

Ces deux roches de grès qui, l'une à l'autre unie
Par leur position, leurs communs intérêts,

Par les beaux-arts surtout se touchent de si près,
Nous présentent ici la France et l'Italie ;
Et la sœur étrangère a des célébrités
Dont quelques noms sans doute ont droit d'être cités :
Alfiéri, grand nom dont le talent magique
Nous fit de ses héros partager les douleurs
Et par son vers concis, sur la scène tragique,
Sut en son beau dialecte arracher tant de pleurs.
Dante, rempli de goût et de philosophie,
Divin poete, et qui de ses succès
Eût pu jouir longtemps, si sa muse jamais
Ne se fût immiscée en la diplomatie.
Non moins que lui doté d'un talent enchanteur,
Tasso, non moins aussi frappé par le malheur.
A la coupe où pour toi fermentait le génie
Jeune encore, ta bouche aimait à s'enivrer
Trop ardent, tu voulais en épuiser la lie.
Pensant trouver au fond du moins quelque laurier.
Ce laurier, disais-tu, c'est la gloire elle-même,
Je le sais ; mais le prix de ce fatal honneur !
Quand le génie au front, vous ceint son diadème,
Il marque sa victime et la voue au malheur.
Savez-vous ce que c'est que le prix de la gloire,
Vous qui voulez d'un nom dominer l'univers?
Venez le demander aux pages de l'histoire,
Et lisez : le mépris, l'indigence et des fers !

De ses peintres fameux admirez la phalange :
Véronèse, Titien, Raphael, Michel-Ange,
Corrége, Tintoret, Vinci, Jules Romain,
Puis l'Albane, Andrea, Guido, Dominiquin.

Ce chêne de Pierre l'Hermite,
Au feuillage abondant, de la brise agité,
Par le vif intérêt que son nom seul excite,
Méritait bien, je crois, l'honneur d'être cité.
« Dieu le veut ! » s'écriait d'un accent plein de zèle,
Cet apôtre, autrefois, à tous les souverains,
Alors qu'il s'agissait d'arracher les chrétiens
Tombés dans l'esclavage, aux mains de l'infidèle.
« Dieu le veut ! » criait-il, et tous ces hommes forts,
Déjà ceignant leurs reins, étreignant leur épée,
S'en allaient commencer cette sainte épopée
Qui devait dire un jour leurs sublimes efforts.

Cet autre arbre à la tête encor majestueuse,
C'est celui d'un guerrier : Godefroy de Bouillon,
Dont le cœur religieux et la main valeureuse
Lui donnèrent l'honneur de régner sur Sion.
Et Tancrède aussi grand, et dont l'histoire loue
Le zèle soutenu pour son prince et la croix,
Puis ce fier Espagnol Gonzalve de Cordoue,
Qui, d'Espagne, a chassé les Maures autrefois.

Catholique écrivain dont la plume exercée,
A chanter les vertus constamment s'illustra ;
De ce camp glorieux, sentinelle avancée,
Alphonse Balleydier, que ton chêne est bien là !

    Prenons ce sentier qui mène
    Au fourré que j'aperçois ;
    Voyez, nous trouvons le chêne
    De Notre-Dame-des-Bois
    Bien que de soixante années

Se soit écoulé le cours,
Il n'est ni nuits ni journées
Que je n'y pense toujours,
Car, de sa pieuse légende,
Il me semble qu'en effet,
C'est aujourd'hui que j'entende
Le récit que l'on m'a fait.
Un beau jour venait d'éclore,
Et, d'un soleil radieux,
L'éclat n'avait pas encore
Doré la voûte des cieux.
C'est l'heure où l'âme oppressée
Sous le poids de son bonheur,
Se sent vivement pressée
De bénir son Créateur.
A ce besoin tout l'invite :
Et l'harmonieuse voix
Du chantre ailé des grands bois,
Sous la feuille qui l'abrite ;
Le parfum que dans les airs,
De ses pistils entr'ouverts,
Exhale la clématite,
Et les discrètes senteurs
De la viole bocagère,
Se cachant avec mystère
Sous les merisiers en fleurs.
Puis la sauvage églantine,
A l'or brillant du genêt,
Mêlant par un doux reflet
Sa corolle purpurine:
Tout fêtait en ce moment
Le retour de la lumière;

Et dans la nature entière,
Ce n'était qu'enivrement.

Au pied d'un chêne et sur la pelouse émaillée,
     Pieusement agenouillée,
Et levant vers le ciel ses regards éloquents,
Une femme, à la Vierge, adressait ces accents :
     « Du Sauveur, ô sainte mère !
« Faites que votre fils, selon sa vérité,
     « Daigne écouter ma prière
« Et qu'il l'accueille aussi suivant son équité!
     « Qu'en sa tendre bienveillance
« Il devienne aujourd'hui mon utile soutien,
     « Et me fasse en assurance
« Parcourir, désormais, le vrai sentier du bien !
     « Bonté toujours éternelle,
« Rendez-vous à ma voix, et daignez exaucer
     « Les vœux qu'une humble mortelle
« A vos pieds, en ce jour, ose vous adresser!
     « Ah ! sur cette belle France
« Que votre divin fils jette un regard d'amour,
     « Et que sa sainte clémence
« Me prenne également en pitié dès ce jour!
     « Parlez, faites moi connaître
« La salutaire voie où mon pied doit marcher;
     « Soyez, ô souverain maître,
« La force qui me manque et que je viens chercher! »

     Celle qui d'une voix si pure,
     A la vierge parlait ainsi,
     C'était une reine future,
La Dauphine de France et le constant appui

De l'infortune imméritée ;
La fille des Césars, trop tôt déshéritée
    Du trône le plus beau,
L'ange de la forêt et de Fontainebleau.

Dix-neuf ans sont passés ; le triste et froid automne,
Des forêts, dans les airs, effeuillait la couronne,
La bise était piquante, et tout être vivant
Cherchait dans sa demeure à s'abriter du vent ;
Car la nuit se faisait Au pied du même chêne,
Quel motif au milieu des ténèbres amène
    Ces pieuses femmes pour prier ?
Ce besoin ! c'est celui de la reconnaissance ;
Car le temps n'a jamais pu leur faire oublier
    L'inépuisable bienfaisance
De celle que chacune en son cœur honorait
Du nom si doux d'ange de la forêt.
Elles viennent prier pour la reine de France
Déjà sanctifiée, hélas ! par la souffrance.

Sans jamais se lasser et toujours combattant
Lyon, le fer en main, avait, par sa vaillance
Fait suspendre l'arrêt d'un cruel jugement ;
Mais le sort des combats trompe son espérance
Et le brave Précy, son noble défenseur,
Plein d'amour pour la reine, et la mort dans le cœur,
Pour du salut, aux siens, conserver quelque chance,
A travers l'ennemi se frayant un chemin,
Abandonne la ville ; hélas ! le lendemain
Il n'était plus de reine en France !

On dit que de son froid linceul

La neige, en cette nuit fatale,
Tout autour de la capitale
Avait couvert les champs de deuil ;
Que le chêne de Notre-Dame,
Comme s'il fût doué d'une âme,
Avait tressailli de regret ;
Et que, pleurant la destinée
De celle qu'elle vit à ses pieds prosternee,
La Vierge, dès ce jour, avait fui la forêt.

Nous sommes arrivés à la croix du Calvaire.
Chapeau bas, voyageurs ! De ce bois qu'on révère
Un grave enseignement pour le chrétien ressort ·
Le salut éternel est sorti de la mort !
Car du ciel, bien des fois, les sacrés interprètes
N'avaient-ils pas crié : toi qui te fais un jeu,
Triste Jérusalem, de tuer tes prophètes,
Il t'appartient aussi de crucifier ton Dieu.
On entendit alors, d'une agonie immense
Terrible, un dernier cri partir de Golgotha,
Le ciel en retentit, et muet de souffrance
Au sein de l'Eternel, un ange le porta.
C'est le Dieu de clémence et de mansuétude
Faible agneau, sans gémir, se laissant déchirer,
Et qui, victime, hélas ! de notre ingratitude,
Pour le salut de tous, ici, vient d'expirer.
De longs éclairs de sang sillonnèrent la nue ;
Le soleil se voila d'épouvante et d horreur ;
La mer jusqu'en son lit, recula de terreur,
Et la terre, en son sein, tressaillit éperdue.
On vit du temple saint, le voile, en deux morceaux,
Soudain se déchirer, ses colonnes se fendre,

Les rochers se briser, les ténèbres s'étendre,
Et les morts effrayés sortir de leurs tombeaux.
A ces faits surprenants, de sa condescendance
Pilate gémissant, s'était bientôt rendu :
Seul, Caïphe resta dans son impénitence.
Bourrelé de remords, Judas s'était pendu.
Des enfants d'Israel beaucoup, aujourd'hui même,
Déplorent de ce sang de s'être ainsi souillés ;
Mais il luira le jour de la clémence extrême
Où tous, avec Jésus, seront réconciliés.

Dans le nom que porte ce chêne
Ici, reconnaissez l'impératrice Hélène,
Admirable déjà par sa rare beauté,
A qui nous devons tant pour sa grande piété.
N'est-ce pas, en effet, un bien précieux mérite
Que d'avoir retiré du Calvaire sanglant
Cette croix sous les bras de laquelle s'abrite
Le faible, l'opprimé, le pécheur, le mourant.

Tous ces saules pleureurs battus de la tempête
Sont des noms de martyrs dignes d'un meilleur sort ;
Ah ! quand l'affreux régime avait marqué leur tête,
Avec quelle fierté tous marchaient à la mort !
Dans ce suprême instant, une unique prière
S'élevait dans leur cœur pour leur ingrate mère,
Et l'on vit les bourreaux, à ce spectacle émus,
S'agenouiller, un jour, dans leurs rangs confondus.
Nobles et saints martyrs ! Je crois vous reconnaître,
C'est Louis Seize, d'abord, votre roi, votre maître,
La reine, son auguste et sublime moitié,
Lamballe, gracieux type de l'amitié ;

Elisabeth, au sort d'un infortuné frère
S'attachant par un rare et pieux dévoûment ;
Sombreuil, contrainte à boire un plein verre de sang
    Pour racheter celui d'un père ;
Puis, modèles touchants de piété, d'honneur,
Montmorency, beau nom de gloire militaire ;
Balleydier, de nos lois intègre défenseur.
Malesherbe, avocat de la royale cause,
Hell, de sa loyauté constant imitateur,
André Chénier, au front qui sentait quelque chose,
Lorsque, pouvant encor espérer d'heureux jours,
Le fer de l'échafaud vint en trancher le cours.
Puis, Roucher son ami, Loiserolles, Cazotte,
De Mouchy, Lafayette, Audigier, Delaporte.
De leurs restes mortels, toi, fidèle gardien
Vincent ! que leurs saints noms éternisent le tien !

Ces quatre arbres sont ceux que dans sa courtoisie
Le sylvain de ces bois aux Polonais dédie :
Casimir, Kosciusko, Stanislas, Sobieski,
Gloires de la Pologne, et toi, Poniatowski !
En vos seins généreux, toujours, de la patrie
Comme un écho secret a vibré le beau nom,
Et je comprends qu'enfants d'une mère chérie,
Vous n'ayez pu, sans pleurs, en souffrir l'abandon.
Consolez-vous pourtant, car de la sympathie
Le témoignage, en France, est acquis au malheur ;
Plus l'infortune est grande, et mieux elle est sentie,
Et la vôtre a des droits sur tous les nobles cœurs.
Et toi, toi Krazinski ! que trop prématurée
La mort vient d'enlever à ta muse éplorée ;
A tes mânes chéris, poete polonais,

Ta patrie adoptive adresse ses regrets !
De cet autre côté, voyez ces deux beaux frênes
Qui semblent enlacés par d'amoureuses chaînes ;
De Pétrarque et de Laure ils offrent en ces lieux
Des noms chers aux amis des vers harmonieux
Qui rappellent Vaucluse et la belle Provence.
De leurs cœurs qui semblaient l'un pour l'autre formés,
Les doux nœuds sont rompus, mais de ces nœuds aimés,
Un jeune rejeton, beau comme l'était Laure,
Chargé des mêmes fleurs, tout près d'eux brille encore
C'est la muse Desblanc, au talent enchanteur,
Digne de ses aieux par l'esprit et le cœur ;
Car de ses vers charmants déjà partout l'on vante
Le tour naïf et franc et la grâce touchante.

Cette grotte, en ces lieux, nous peint l'humanité
Dont Silvio Pellico fut un fervent apôtre,
Son cœur, pour son pays rêvait la liberté
Et cet amour si pur (il n'en avait point d'autre),
Comme un crime, en ces temps, lui dut être imputé.
Hélas ! plaignons le sort de ces âmes d'élite
Qui toujours, quand au bien leur plume nous excite,
Rappelant des devoirs, corrigeant des abus,
N'ont que des fers cruels pour prix de leurs vertus.

Ce beau chêne, où toujours la même séve abonde,
C'est celui de Scribe, homme au facile accès,
Auteur fécond, qui de l'esprit français
A propagé le goût aux quatre coins du monde.

De la tendre Juliette et de son Roméo
L'un près de l'autre ici, voyez le double charme.

Que ceux qui ne pourraient gémir sur leurs tombeaux,
A leur mémoire, au moins, accordent une larme.
Comme vous l'espériez, vous fûtes réunis ;
Mais dans quels lieux ! sous ces voûtes funèbres,
Ah ! je crois voir vos feux par la haine punis ;
La mort, à doubles coups, frapper dans les ténèbres,
Et sur vos corps glacés, deux familles en pleurs,
De leurs remords tardifs expier vos malheurs.

De deux noms étrangers nous sommes en présence,
Augusta dont l'arbuste embaume au loin ces lieux,
Qu'embellit à son tour l'amandier de Florence,
Et que d'un père, hélas ! le trépas glorieux,
De l'Inde révoltée a poussé vers la France.

Admirez maintenant ce coudrier en fleurs.
    Du bon Bernardin de Saint-Pierre
Il rappelle à l'esprit la mémoire si chère.
Qui n'a lu son roman et n'a versé des pleurs
    Sur son Paul et sa Virginie !
Sur cette affection si purement sentie,
Et dont, avec raison, sa plume a transporté
La scène en un autre hémisphère,
    Tant une telle pureté
Est loin de notre Europe et lui semble étrangère.

Reposons-nous sous ces ombrages frais.
D'un soleil trop ardent nous y fuirons les traits.
Pour rencontrer d'ailleurs protection, assistance,
Fut-il abri plus doux, plus généreux jamais
    Que celui de la bienfaisance !
    Car d'un ami du genre humain

Cet arbre qui nous offre un refuge certain,
Porte en ces lieux le nom de Julien de Vernes,
Chez qui toujours l'esprit avec le cœur alterne.
Des pauvres, aujourd'hui, si les petites sœurs,
Sous leur toit religieux, d'une modeste aisance,
Grâces à lui déjà, ressentent les douceurs,
Notre-Dame-des-Arts, avec reconnaissance
Proclame également sa rare intelligence.

Ici, c'est le Masson, célèbre horticulteur,
Qui des fruits comprimés, ingénieux inventeur,
Par l'art qui lui valut sa juste renommée,
Rend d'utiles secours à la flotte, à l'armée.

L'arbre qui de Clovis, ici, porté le nom,
Nous offre un grand guerrier, un vrai cœur de lion.
Ambitieux de voir par la grâce infinie
Son front royal touché; pour que la monarchie
En lui seul reconnût son premier fondateur,
Il fallait qu'avant tout il demeurât vainqueur ;
Aussi le devint-il ; car sainte Geneviève
Au futur roi chrétien, dans les plaines de Trèves,
Préparant à sa gloire un triomphe nouveau,
Aux Germains, à Tolbiac, fit trouver leur tombeau ;
Et fidèle à ses vœux, aussitôt la victoire,
Au Dieu de sa Clotilde il en rendit la gloire.
Mais sur nos flots émus, voyez-vous ces vaisseaux
Aux pavillons flottants unis à ceux de France ?
        Du blason de cette puissance
Chypre et Jérusalem illustrent les panneaux !
Ce sont ceux de Sardaigne, et la jeune princesse
Qu'ils amènent en France est la fille des rois.

C'est une autre Clotilde, en elle j'aperçois
De ses nombreux aïeux l'éclat et la noblesse :
C'est vous, saint Amédée, et vous grand Philibert,
Vous Charles-Emmanuel, vous Félix, Charles-Albert ;
Victor-Emmanuel, vous son valeureux père !
Et toi qu'un prince illustre à son sort aujourd'hui,
Vient associer pour être à jamais ton appui,
Par ton fidèle amour rends son hymen prospère.
Clotilde, de Clovis, fut l'ange tutélaire,
Fais, qu'en toi, ton époux en rencontre un pour lui.

Et toi. François-Joseph, espoir de ton empire,
De Comorn, de Raab, jeune et vaillant héros,
Dans ton chêne élevé, chacun de nous admire
Celui dont la main ferme a guéri tant de maux.

Ces arbres, de Bagdad, de Cordoue et du Caire,
    Sont les trois fameux califats :
Ottman, Amar, Abdérame, aux combats
Marquant, contre la croix, leurs.fureurs sanguinaires.
Près de ce chêne-roi, voici Charles-Martel
Faisant taire toujours l'intérêt personnel
Devant celui du prince et celui de la France.
D'Abdérame, déjà, les nombreux bataillons
Avaient du sang français inondé nos sillons.
Evangile, Coran se trouvaient en présence :
La civilisation et la fatalité ;
Cruelle alternative ! affreuse extrémité !
Qu'on ne peut, en effet, entrevoir qu'avec peine,
Eussions-nous succombé, nous étions musulmans.
Mais Dieu veille sur. nous, et les Champs de Touraine
De trois cent mille Turcs gardent les ossements.

Ce chêne si puissant, au généreux ombrage,
Nous présente un beau nom : Weiss le sénateur;
De son département sage administrateur.
Des ans, grâces à lui, dissimulant l'outrage,
Douairière jadis, Lyon! sur ton visage,
Tu montres aujourd'hui la jeunesse en sa fleur;
Et coquette, sans fard, sur tes fleuves assise,
Tu t'y mires aussi, de tes charmes éprise.
Montre pour ses bienfaits un cœur reconnaissant.
Elève à ses vertus un noble monument,
Où son nom, sur le marbre incessamment rappelle
Qu'à ce culte toujours tu demeuras fidèle.
Et l'honneur, ô Lyon, sur toi rejaillira,
Puisque dans l'avenir, à tous il redira
Et ta reconnaissance et sa gloire immortelle.

Tous ces arbres touffus, aux vigoureux rameaux
Qui, déployant aux yeux leur puissante nature,
Balancent dans les airs leur austère verdure,
Sont des noms illustrés au palais, au barreau,
Dont la France, toujours, gardera la mémoire,
Comme ils en sont déjà l'honneur, la juste gloire.
Voyez ces magistrats sous l'hermine assemblés :
Le noble Duranty, le vertueux Harlay
A l'intimidation toujours inaccessibles,
Pour l'accomplissement de leurs devoirs pénibles,
Offrir, en protestant aux yeux de l'univers,
Leurs généreuses mains à l'outrage des fers.
Plus rapprochés de nous, c'est Delangle, Devienne,
De Chezelles, n'importe au rang qu'il appartienne,
Du bon droit, en tout temps, intègres défenseurs.
Puis Chaix-d'Est-Ange, au talent vaste, immense,

Berryer, dont la brillante et la mâle éloquence
A déjà dépassé tous ses prédécesseurs.
Grâce à votre droiture, en sa reconnaissance,
De plus d'un juste arrêt, à son profit rendu,
L'Arabe qui, sans lois, au désert, a vécu,
Dit tout haut : Après Dieu, la justice de France !

Voyez en côtoyant la mare des Ligueurs,
Avec un pieux respect mélangé de surprise,
Ce chêne qui du temps a subi les rigueurs ;
C'est Larochejaquelein balafré comme un Guise.
Frère de deux héros, comme eux homme de cœur,
Dans sa noble famille il a l'insigne honneur
De pouvoir aujourd'hui compter une héroïne.
Toi, marquis, son neveu, songe à ton origine
Et surtout à ton nom, car il est plein d'honneur.

Dans cette Gorge-aux-Loups dont le nom vous effraie,
N'attachez point d'importance en ces lieux,
Certain que le plaisir des objets vous défraie,
Sans crainte vous pouvez y promener les yeux.
Que de beautés ! Ce chêne est celui de Molière ;
Ne nous étonnons pas, à cet austère front,
D'éprouver aussitôt un effroi salutaire ;
Le moderne Térence est caché sous ce tronc.
Parmi ces églantiers, cette blanche aubépine
D'une reine-martyr, en sa grâce divine
Ce beau charme-oranger vous rappelle le nom.
C'est, en effet, celui de Marie-Antoinette ;
Bien plus vieux, il a vu près de quatre cents ans ;
Et si de nos respects, sa majesté muette
Attire encore ici les pieux sentiments,

C'est qu'il est en son nom une vertu secrète
Et qu'un charme est partout le roi des talismans.
   Image ici de son âme angélique,
   Pleine d'espoir, de foi, de charité,
Ce rameau triple issu de cette souche unique
Du culte du chrétien nous offre l'unité.

Tous ces arbres ici, saules mélancoliques,
La plupart du pays, les autres exotiques,
De poetes divins au malheur condamnés,
Présentent à nos yeux des noms infortunés,
Pour qui la société ne fut qu'une marâtre.
C'est toi, tendre Gilbert, toi, gracieux Malfilâtre,
Hégésippe Moreau, toi d'un talent si vrai,
Toi, Chatterton au cœur par l'amour déchiré !
Toi, Camoéns, qui n'eus pas, pour prix de ton mérite
Dans ton ingrat pays, même un toit qui t'abrite.
Triste fatalité ! car les jaloux rivaux
Qui, toujours du talent dénigrent les travaux,
Ne pouvant supporter que leur mérite éclate
Du chemin de la gloire à jamais les écarte,
Mais dès qu'en leur tombeau la mort les a couchés,
Les jaloux après eux cessent d'être attachés ;
La vérité, rendant hommage à leur mémoire,
Seule permet au temps de proclamer leur gloire.

Près du chemin de fer qui conduit à Lyon,
Où la locomotive en dévorant l'espace
De ses serpents de feu partout laisse la trace,
De la croix de Toulouse aux Garennes d'Avon,
Tous ces frênes altiers sont ceux de la fabrique.
Gloire à vous, producteurs, chez qui l'esprit s'applique

A faire prévaloir l'honneur du nom français !
Mulhouse avec amour compte tous vos succès.
Mieg, Hartman, Kœklin et toi Dolfus qui braves
De la fière Albion, les rivales entraves
Et n'appelles, certain de leur perfection,
Sur tes brillants tissus, aucune protection.
Et vous qu'avec orgueil notre Lyon admire :
Mathevon, Yéméniz, Bouvard, Grangier, Le Mire
De votre exposition qui fut un beau combat,
L'Europe entière encor se souvient de l'éclat.
Oublierai-je tes fils active Saint-Etienne !
Dans ces célébrités tu possèdes la tienne.
Voici Fraize-Merly, Grangier et Robichon ;
Mais il me reste encore à citer plus d'un nom :
Vous Peyot, Gantillon, Furnion, Bertrand Adolphe,
Vous Ropiquet Sylvan, à la brillante étoffe,
Tous à jamais l'honneur, la gloire de Lyon.
Puis dans cette oasis, ces artistes habiles
Dessinateurs charmants, dont les talents utiles
Concourent chaque jour au succès des maisons
Qui leur redoivent bien la gloire de leurs noms,
Toi, Couderc, sans émule en l'indien cachemire,
Toi, Parguez, en tout genre honorable vainqueur,
Muller, du papier peint, toi l'éternel honneur,
Enfin toi, Gravollet, qu'un vrai génie inspire,
Qui, d'Albion, de la Suisse, heureux rival en tout,
De ton pays, sans cesse, as propagé le goût.

Ces odorants sureaux à l'aigrette dorée,
Végétale topaze au milieu des forêts,
C'est l'ornementation en nos jours illustrée ;
Mais s'il fut propagé par l'artiste français,

A Bertuzzi cet art doit ses premiers succès.
Pour Soiderquelk aussi ma muse admiratrice
Ne saurait rencontrer d'éloge assez flatteur ;
    Son prie-Dieu de l'Impératrice
Offre au plus haut degré le talent de l'auteur.
En effet, tout ce meuble en sa beauté suprême
    Se fait tellement envier,
    Que j'en suis sûr les anges même,
    Le voudraient avoir pour prier.

De cet orme géant le beau fût me rappelle
Le nom de Louis le Jeune, à Méandre vainqueur,
Et de cette journée on lui doit bien l'honneur,
Car c'est là qu'il s'acquit une gloire immortelle.
    Le roi de France était victorieux,
Et les clairons sonnaient leur bruyante fanfare.
Acclamé par ces cris, ces accents glorieux,
Dont jamais pour ses rois le Français n'est avare,
    L'heureux vainqueur en promenant les yeux
    Sur ce vaste champ de bataille,
    Voit un guerrier tout baigné dans son sang,
Près de Sarrasins morts, d'ennemis de tout rang
Dont il avait voulu parer ses funérailles.
Ce guerrier affaibli, presque défiguré,
    Pourtant était encor reconnaissable
A son casque brillant, à son cimier mauré,
Son pennon d'or, de gueule aux merlettes de sable.
    Il était là, gisant sur le sol étendu.
Ce héros malheureux, c'était des Barbentane,
Le brave et digne chef, pressant son noble écu
De ses bras convulsifs pour que nul le profane.
Dès que son œil mourant eut reconnu son roi :

« O sire ! votre main ! dit-il avec tristesse ;
« Avant que d'expirer que j'emporte avec moi
« Son étreinte honorable à la main qui la presse !
« — Quand je donne ma main, je donne aussi mon cœur,
« Et que tes fils, toujours, en gardent souvenance ! »
Répond Louis Sept, saisi d'une vive douleur.
    Le preux, alors, oubliant sa souffrance,
    Du réconfort qu'il venait d'éprouver,
Emu profondément et respirant à peine,
Fait entendre ces mots : « O bonté souveraine,
Mon maître ! mon seigneur !...» il ne put achever.

Ce noble peuplier, au verdoyant feuillage
Dont le sommet souvent fut battu par l'orage,
Mais qui s'entoure encor de rose et de jasmin,
Nous offre Kératry dont la pieuse éloquence
Toujours, dans ses écrits, fit honneur à la France.
Cet arbre, près de lui, c'est Savoye de Rohn,
    Habile magistrat, dévoué citoyen
Grenoble, Anvers, Rouen, dans leur moderne histoire,
De ses hautes vertus ont gardé la mémoire.
Ce chêne, à ses côtés, c'est le général Foy,
Son ami, défenseur éloquent de la loi,
Dont la main en tout temps, à ses devoirs fidèle,
Lorsque la mort sur lui, leva sa faux cruelle,
Vint lui fermer les yeux ; puis dans sa piété
Sema sur ton tombeau les fleurs de l'amitié.

Mais vers un autre point, l'intérêt nous appelle ;
Car j'aperçois un nom sur ce chêne à l'écart.
Dans ce nouveau jalon de la gloire française,
Cher Balleydier de Hell, Denecour est bien aise

De montrer que la tienne est une gloire à part.
Et c'est toi, dont le cœur toujours au bien s'applique
Qui, premier, d'un musée as doté la fabrique,
A ses tissus soyeux appliqué le dessin,
Des algues que la mer recèle dans son sein ;
Et par toi, quel honneur pour cette erre qui s'ouvre.
De Jacquard, la navette est introduite au Louvre.
De ce fait aussitôt pressentant tout le prix,
Bagnères de Bigorre a suivi ton exemple,
Et l'élan pour te suivre en Europe fut pris.
Lille, Mulhouse, à l'art dressent déjà leur temple,
Londres, puis Manchester veulent, à leur instar,
Mus par leur intérêt, en avoir un plus tard.
Et chacun du combat voulant être complice
Berlin, Munich, bientôt sont entrés dans la lice.
Grâce à son président Brosset, Lyon enfin,
Suivant l'initiative, a décrété le sien.
Du progrès, en tout temps, te plaçant à la tête,
De tes riches trésors, Le Mire, dans ton sein,
Veux-tu donc, à jamais, enfermer ta conquête ?
Et toi qui dus subir les injures du temps,
Des gloires d'Austerlitz immortelle bannière,
Des cartons d'Yéméniz, renais à la lumière !
C'est du Louvre, ainsi, qu'est parti le signal.
De ta pensée intime autant qu'elle est profonde
L'œuvre, Napoléon, doit, dans un temps moral,
Pour l'honneur de ton nom faire le tour du monde.

Cet érable aux rameaux de lauriers entouré,
C'est celui de Staël, et j'entends sa Corinne,
Au rhythme harmonieux de sa lyre divine,
Frapper les airs de son chant inspiré.

Sur le sacré trépied, assise au Capitole,
Je la vois captiver de ses inspirations
Cette foule attentive aux pieds de son idole
     Et s'enivrer de ses acclamations :
« Italie, autrefois noble reine du monde,
« Par la gloire, les arts, la liberté, l'amour,
« T'es-tu laissé ravir ton sceptre sans retour,
« Et du Tibre aujourd'hui le Gaulois boit-il l'onde ?
« Ah ! s'il en est ainsi, périssent ce laurier,
« Périssent mon bonheur, mon nom même, ma gloire! »
Pauvre Corinne, un fait fuyait de ta mémoire,
C'est que toujours le fils du père est l'héritier.

     De deux grands héros de la Suisse,
Cette verte pelouse au milieu des halliers,
Retentissant encor du chant des hermaliers,
Rappelle à notre esprit la main libératrice.
D'abord c'est Winkelried dont le beau sacrifice
Put assurer aux siens le succès du combat.
Guillaume Tell, contre le pouvoir tyrannique
Du farouche Gessler, d'un refus irrité,
          Appelant à la liberté
          Sa fière nation helvétique.

Ce bouleau que tu vois, d'Ecossais entouré,
          Tous appuyés sur leur claymore.
C'est le Charle-Edouard, dont l'infortune encore
     Me laisse un souvenir pieux et vénéré.
     Voyageant en Ecosse et surpris par la pluie
     De lord James Hay le clan me recueillit.
     Là, du dernier des Stuarts, ô relique chérie!
     Un gant gardé sous verre à mes regards s'offrit.

Ailleurs, c'est un mouchoir plus tard venu de France,
Et sans doute oublié sous ces toits protecteurs.
Si je ne pus alors le baigner de mes pleurs,
De l'avoir vu, du moins, j'ai gardé souvenance.

Il est de par le monde un charmant écrivain,
Homme d'un goût parfait, d'un mérite certain,
Météore brillant, sur les feuilles nouvelles
Lançant chaque matin ses vives étincelles;
Et je sais, pour l'honneur du critique en renom,
Qu'une grotte, en ces lieux, doit rappeler son nom.
Presque toutes déjà je les ai parcourues;
Mais celle que je cherche, oserai-je achever!
Me paraît, chez Sylvain, difficile à trouver.
Car, d'après le dicton, si l'esprit court les rues,
        Court-il donc aussi les forêts?
Pourquoi pas, me fit-il, elle est ici tout près.
Des objets précieux si la recherche irrite,
La peine à les trouver constate leur mérite,
Et la grotte d'esprit, dite de Paul d'Ivoi,
Si digne de son nom, est celle que tu vois.
Pourtant en cette grotte où son esprit s'abrite,
Je sais qu'un noble cœur aussi trouve son gîte,
Et je veux en citer une preuve à l'appui,
Dût-il me reprocher de trop parler de lui.
Du Rhône, un jour gonflé, les ondes irritées
Couvraient, il m'en souvient, la Bartelasse en fleurs.
Tous cherchaient d'échapper à ses brusques fureurs.
Pour sauver ses brebis par les eaux emportées,
Une pauvre bergère était près de périr.
O bonheur, j'aperçois un jeune homme intrépide,
Aux regards pleins de feu, sur un coursier numide,

Au péril de ses jours, voler la secourir.
Luttant contre les flots, il a bientôt la joie
D'arracher à la mort son innocente proie.
Ce trait, généreux Paul, si tu l'as oublié,
J'ai dû le rappeler, sois-en glorifié!

Cher touriste, en ces lieux, si tu cherches les grâces
De ce beau talisman, nous sommes sur les traces,
Car sous ce frais taillis dont le parasol vert
Semble prendre plaisir à la mettre à couvert
La grotte que tu vois. comme en un roc taillée
De la pervenche en fleurs en tout temps émaillée
Et qui de la violette exhale la senteur,
   Porte le nom d'une femme adorable,
Non moins par ses talents, son esprit enchanteur
     Que par sa grâce incomparable
     Et les qualités de son cœur.
C'est Mathilde Stévens, si souvent illutrée
Par son pinceau, sa lyre en tout temps inspirée;
Mais qu'a-t elle besoin des parfums de la fleur,
De ces charmants attraits dont la fraîcheur attire,
     Puisqu'il lui suffit pour séduire
De faire de sa voix entendre la splendeur?

Ce chêne dont le vent agite et bat la cime
Et qui semble en ces lieux un mât improvisé
De vingt signes d'honneur le corps tout pavoisé,
C'est celui de l'auteur du Code maritime,
Reynold de Chauvency. Son système envié,
Adopté de nos jours d'un accord unanime
Fit tomber de Babel le langage embrouillé.

Dans ces arbres touffus à la forme si belle,
Ici s'offrent les noms de ces peintres fameux
Que la France a perdus, qui portèrent en eux
Du feu sacré, toujours, la brûlante étincelle.
Mignard, Vanloo, Lesueur, Restoud, Vouet, Lorrain,
Philippe de Champagne et Lebrun et Poussin.
Vernet qui dans ses fils encor se renouvelle.

Ces chênes élevés, de princes valeureux,
De guerriers étrangers, mais pourtant tous fameux
Nous rappellent les noms ; d'abord c'est le roi Charles,
L'Alexandre du Nord, puis le prince de Galles,
Surnommé Prince Noir, issu de sang français,
Qui toujours revêtu de son armure noire,
Obtint dans les combats de si brillants succès,
Et ne dédaigna pas, même après sa victoire,
De son rang de vainqueur venant se dépouiller,
De servir à sa table un roi, son prisonnier.
Marlborough, Charles d'Autriche, et toi, vaillant Eugène,
D'un mot à Louis le Grand qui fit payer la peine.
Puis Frédéric Second, Pierre le Grand, Nelson,
Rodney, Corneille Tromp, Ruyter et Wellington.

Nous voici maintenant à la grotte des Fées ;
Ce rocher est celui du docteur Balsamo
Qu'a rendu plus fameux le nom de Cagliostro,
Ce célèbre étranger mort sous tous ses trophées.
Brice de Beauregard, le seul de ses amis
Aux secrets de son art qui put se voir admis.
Sa science est bénigne, et sa blanche magie
Ne se révèle à nous que par la Théurgie.

Des amants de Clarens, à ce charmant vallon,
Ce n'est pas sans motif qu'on a donné le nom ;
Un touchant intérêt certainement s'y cache.
    Du souvenir qui s'y rattache
Le charme, dans mon cœur, dure encor aujourd'hui.
Bosquets mystérieux, adorables retraites,
Je vous ai parcourus, et le nom des Charmettes
Du temps qui détruit tout peut défier l'oubli.
    Dans une douce rêverie,
    L'esprit un instant recueilli,
J'ai retrouvé Saint Preux et sa Julie ;
Et du feuillage encor, de plaisir agité,
    La brise longtemps assoupie,
    Du premier baiser d'une amie
    M'a rappelé la volupté.

Ces rochers, en ces lieux, nous offrent la finance.
Le premier en Europe est un nom d'importance,
Le prince des banquiers et c'est Rothschild, je crois ;
La banque, de nos jours, a bien aussi ses rois.
Saluons en passant ces deux hommes d'élite
Au cœur vraiment français : le vertueux Lafitte ;
Cet autre, auprès de lui, c'est Casimir Perrier,
Ministre non moins grand qu'habile financier.
Des régions du Nord, cet admirable chêne
Ici nous représente un moderne Crésus.
Son cœur vaut ses trésors ; nul autre n'en mit plus
Aux pieds de son monarque en un moment de gêne,
Que ne fit Yacovleff. Ce nom partout cité
Est synonyme heureux de générosité,
Car on dit que jamais son immense richesse
N'a pour lui plus d'attrait et n'offre plus de prix

Qu'autant qu'il peut l'utiliser sans cesse
Au bien du souverain, à celui du pays.

Tous ces chênes touffus, à l'austère feuillage,
Dont les noms sont déjà la gloire de notre âge,
Dépendent de l'Eglise, et partout, en tout temps,
Furent ses défenseurs généreux, éloquents :
Maccarty, Richardot, Studer, Brumault, Rodrigues,
Galitzen, Ravignan, tous de leur sang prodigues;
Pléiade radieuse aux immortels talents
Dont la terre et le ciel chantent les dévoûments.

Ce beau chêne, ici près, que le laurier enlace,
Des fleurs de la Judée encore tout parfumé,
C'est le Villa-Franca, de cette antique race
Du sang royal de France et d'Espagne estimé.
Amateur des beaux-arts, sa bonté peu commune,
Noble inspiration des instincts de son cœur,
A protéger l'artiste, adoucir l'infortune,
Lui fait trouver toujours sa gloire et son bonheur.

Parmi tous ces rochers, voyez-vous ces grands chênes?
L'un d'eux c'est le Bourmont, d'Alger heureux vainqueur,
Mais dont le sang filial attrista le bonheur.
Pélissier, préludant à ses gloires prochaines,
De Cicey, Mac-Mahon, Bosquet, Randon, Magnan,
Vallée et Canrobert, et toi surtout, Vaillant !
A la vertu romaine, au cœur vraiment antique,
Montebello, Reggio, qui baigna de son sang
    Cette rude terre d'Afrique ;
Joinville, d'Orléans, et d'Aumale et Nemours
Dont la noble valeur illustra la patrie

En lui prêtant aussi leur généreux concours.
Puis Bugeaud, Changarnier, Bedeau, Lamoricière.
Le Baudy, Cavaignac nouveau Cincinnatus,
Damrémont, comme lui, que la France a perdus,
Tous de héros français, illustre pépinière !
De le civiliser revendiquant l'honneur,
La France, en ce pays, en proie au brigandage,
Désireuse par vous d'y porter le bonheur,
Vient d'en briser enfin le honteux esclavage.

Mais retournons des bois respirer la fraîcheur ;
Voici le Bas-Bréau ; quel bien-être on éprouve
En sortant des rochers, des gorges d'Apremont !
Ne penserait-on pas, tant ce calme est profond,
Qu'au sein d'un nouveau monde un instant on se trouve.
Depuis le bois Bilbaud aux bosquets de Fays,
Que de grands souvenirs animent le pays.
Voici les champs guerriers de Chailly et d'Argone
Commandés par Nemours, d'Orléans en personne ;
De ces arbres chacun a son nom sans pareil ;
D'abord si Louis Quatorze eut son brillant soleil
Dont l'éclat refléta sur Tourville, Duquesne,
Jean-Bart, Duguay-Trouin, Forbin, puis sur Turenne,
Condé, Villars, Boufflers, Vendôme, Catinat,
Maurice, Luxembourg, Chevert parti soldat ;
Napoléon Premier eut aussi son zodiaque,
Cercle brillant formé d'illustres maréchaux,
Tous enfants de leur œuvre et presque ses égaux,
Vaillants à la défense aussi bien qu'à l'attaque :
Kellerman, Augereau, Macdonald, Lauriston,
Davoust, Victor, Drouot, Oudinot, Ney, Bessière,
Bernardotte, Jourdan, Schram, Moncey, d'Albufère,

Masséna, Soult, Mortier, Murat, Junot, Maison,
Kléber, Lannes, Desaix, frappés en leur carrière,
Foi, Lamarque, Bertrand, Cambronne et Montholon.

Voyez-vous ce héros, bravant le fer, la balle,
Qui de la France a saisi l'étendart,
Et du Trocadéro gravissant le rempart,
L'y plante triomphant, d'une main martiale,
C'est Charles-Albert, alors comme simple soldat
Combattant dans nos rangs, et qui, par sa vaillance,
    De premier grenadier de France
Mérita le beau grade au plus fort du combat.

Dans ces troncs mutilés, notre vue attendrie
Voit ces vieux défenseurs qui depuis Marignan
Ont payé jusqu'ici la dette de leur sang,
Sur mille champs d'honneur pour la mère-patrie ;
Denecour, Villemet, Devozème, Simon,
Larose, Dumoulin, Fleur d'Amour, Dorimon.

Cet arbre, d'Albion est un enfant habile ;
C'est Woolverly Atwood, aux sens intelligents,
Et dont l'esprit sans cesse occupé de l'utile,
A su par ses vaisseaux que l'on compte par mille,
Relier sa patrie à tous les continents.

Ces deux fûts, autrefois chênes de hautes tailles,
Aujourd'hui mutilés en plus de cent batailles
Mais dont le tronc encor résiste sur son pied,
Nous offrent deux héros liés par l'amitié.
C'est vous Havelok, Outram ; mais il me semble entendre
Des filles d'Albion d'Indiens fuyant les coups,

Implorer la pitié pour un frère, un époux,
D'un accent tour à tour impérieux et tendre.

Le soleil se couchait aux rives d'Orient ;
Les jungles de ses feux semblaient incendiées ;
Du tigre, du jaguar, les gorges altérées
Faisaient entendre au loin un sourd rugissement.
Havelok, le héros, l'espoir de la patrie
De plus de cent combats sorti victorieux,
Etait là, dans son camp, chantant avec ses preux
Son hymne national, d'une voix attendrie.

« En ce chant, cher à tous, unissons notre voix,
« Disait-il, en l'honneur de notre souveraine ;
« Que son trône toujours appuyé sur les lois,
« Longtemps soit glorieux : Dieu protége la reine !

« Que de tes ennemis il rompe les complots ;
« Que le monde, par toi, goûte une paix certaine ;
« Pour ton nom glorieux, que la terre et les flots
« Reconnaissent tes lois. Dieu protége la reine ! »

C'est ainsi qu'Havelok du péril oublieux,
Au cœur de ses soldats rendant la confiance,
Les ramenait à la douce espérance
D'être de l'ennemi bientôt victorieux.
Soudain des cris plaintifs remplissent l'atmosphère
Des membres de son fils, défendant les lambeaux,
Muette de douleur, une héroïque mère
De ses regards de feu maîtrisait ses bourreaux.
Ah ! dans ces jours de deuil, de sang et de martyre,
De tes filles, Albion, le cœur se révéla ;

L'humanité déjà les plaint et les admire,
Et d'Havelok, un jour, le bras les vengera.
Vers Luknow tout en feu qui combattait encore,
Afin de dégager le héros de Cawnpore,
Outram, le digne chef, se hâte d'accourir,
En soldat, dans ses rangs, demandant à servir.
« C'est à mon grade, ici, dit-il, que l'on défère ;
Mais de ce grade, ami, je ne suis point jaloux,
Devant tant de grandeur, mes droits doivent se taire,
Et j'y veux déroger en combattant sous vous. »
Sublime abnégation ! digne de l'âge antique,
Que sait comprendre seul le cœur des vrais héros ;
Havelok te sentait, quand son âme héroïque
Mourant sous ses lauriers, lui murmurait ces mots :
« Outram, oh ! mon ami ! quelle condescendance !
Quoi, pour mieux m'honorer, mon chef s'est oublié !
Ah ! je sens trop le prix d'une telle amitié
Pour ne pas prier Dieu qu'il vous en récompense.
A ma reine chérie, à mon pays aimé,
Dites bien que loin d'eux leur Havelok expire,
Regrettant que son nom ne soit pas proclamé
Comme libérateur de cet immense empire.
Au milieu des combats, si l'on m'a vu vieillir
Bravant l'ardeur, le fer d'une terre ennemie,
J'ai tellement appris à bien *régler* ma vie
Que la mort n'est de Dieu qu'un ordre pour partir. »

Ah ! de ces deux héros conserve la mémoire !
Ces sublimes actions, ces si beaux dévoûments
Sont désormais, Albion, des titres à ta gloire,
Et sois fière, aujourd'hui, de tes nobles enfants !

Halte-là ! maintenant, nous sommes en Russie,
        Et bien qu'à quelques pas,
Nous trouvons sous le nom de cette terre amie
Un vallon étranger, sans changer de climats.

Un beau soleil d'hiver dorait Bellefontaine,
Son bocage odorant semblait se réveiller
Aux soupirs de la brise, alors soufflant à peine
Dans le bouleau d'argent et le haut peuplier.
On se croyait en fête, et la tendre pelouse,
Ainsi qu'au bien-aimé la jeune et chaste épouse
Se plaît dans ses atours à vouloir se montrer,
De ses plus fins gazons venait de se parer.
Tout résonnait de cris d'amour et d'allégresse,
        Et la grotte de la princesse
Brillait d'un vif éclat, au soleil reflété.
Le vallon Troubeskoy, le bocage enchanté,
Paraissaient prendre part à la commune ivresse,
Car un chant frappait l'air, par l'écho répété.
Cet accent plein d'amour, cette réjouissance,
Témoignage innocent autant qu'il est flatteur,
Qui peut le provoquer ? Un frère d'empereur,
Fils d'empereur lui-même, était là, sa présence
Autour de lui faisait éclater le bonheur.
Dans ces sentiers charmants, si loin de la patrie,
Que de pieux souvenirs ! ah ! que l'âme attendrie
Retrouve avec plaisir tous les noms vénérés
De ces nobles aïeux à jamais adorés.
Je vois Pierre le Grand ; de sa tige géante,
La cime auguste monte et brille dans les cieux,
Ainsi qu'en son vivant, de sa gloire ascendante
L'éclat resplendissant allait frapper les yeux.

Fixe en sa politique étendue et profonde,
A ses peuples nouveaux il sut dicter des lois,
Et son génie ardent en embrassant le monde
Lui fit tendre le bras pour juger de son poids.
Tout près de lui je vois Catherine la Grande,
Paul Premier son époux, Alexandre son fils
Dont le souvenir seul même encore commande
Le respect et l'amour qu'il s'est si bien acquis.
Ici, c'est Nicolas; que nul ne s'en défende,
Il faut rendre justice au génie éclatant
Du grand législateur, au monarque éminent,
Dont même il semble encor que la gloire s'étende.
Puis toi, jeune empereur, au cœur si généreux,
Qui ne te trouveras, dis-tu, vraiment heureux
Qu'alors que pour sujets tu n'auras que des frères.
Sois béni ! car tu veux, soulageant ses misères,
Au serf de tes Etats rendre la liberté,
Doux bien dont trop longtemps il fut déshérité.
Alors on vit du ciel un nuage descendre,
Puis une voix puissante ainsi se fit entendre :
« Mes fils, mes nobles fils, je suis content de vous,
« Vous avez fait du bien, et ce bien vous honore;
« Mais il faut accomplir d'autres travaux encore ;
« Ce seront les plus grands, les plus glorieux de tous.
« De rail-ways, de canaux couvrez votre patrie,
« Aimez-la comme on aime une mère chérie
« Et faites-la prospère à m'en rendre jaloux !
« Des chaînes de l'Oural aux murailles de Chine,
« De la Léna glacée aux rives de l'Amour
« Les peuples doivent voir la lumière à leur tour;
« C'est à vous d'y porter la croyance divine;
« Car, sur ce vaste espace, il est plus d'un païen

« Et d'un pauvre idolâtre à changer en chrétien.
« O mes fils, suivez bien ce conseil salutaire.
« Il est, en cet avis, une saine raison ;
« Quant à toi, Constantin, écoute aussi ton père,
« Et surtout, mon enfant, souviens-toi de ton nom ! »
Il dit, et le nuage, en ombre vaporeuse,
Rapidement, alors, dans les airs emporté,
S'évanouit aux yeux de la foule rêveuse.
Le bocage, lui seul par le vent agité,
Laissait apercevoir sous leur forme nouvelle
    Tous les guerriers dont il est habité ;
    Et de leur phalange immortelle
Chaque nom m'arrivait par la brise apporté.
C'est vous, noble Tolstoy, dont le nom est l'emblême
De courage, d'honneur et de vrai dévoûment,
Vous, Paskewich, héros et vainqueur d'Erivan,
Troubeskoy, Golovnin, types de valeur même,
Et dont Moscou s'est vu le théâtre vivant ;
Vous, Orloff, de héros famille héréditaire,
Chez laquelle le fils, à la hauteur du père,
S'est constamment montré prodigue de son sang.
Puis Koutousoff le Grand, maréchal de Russie ;
    Nouveau Camille, il sauva sa patrie,
Et son corps, mutilé dans maint et maint combat,
Témoigne à nos regards de ses actions d'éclat.
Diplomate aussi fin que guerrier invincible,
Autant au champ d'honneur son glaive était terrible,
Autant dans les conseils, dans les congrès des rois,
Son génie éclatant fut toujours d'un grand poids.
Et toi, Kisleff, enfin, dont la science égale
Celle des noms fameux par leurs brillants travaux,
Ton administration, désormais sans rivale,

Te conduit chaque jour à des succès nouveaux.
Quand les Principautés, à leur ruine fatale,
Marchaient, c'est toi qui sus les tirer du chaos.

Au milieu du plaisir que je venais de prendre,
Le silence se fit, et je cessai d'entendre ;
Le bocage rentra dans son calme usité,
Et tout autour de moi régna l'obscurité.

Sur ces rocs entassés dans l'enceinte voisine
Où du bon Henri Quatre était jadis le mail,
Reconnaissez des noms de peintres de marine
Vivant parmi les mâts, l'ancre, le gouvernail ;
C'est toi Durand-Bragier, dont le pinceau facile
Agite en se jouant et puis calme les mers,
Toi, Garneray, non moins que ton émule habile,
Si grand par ton talent, si noble dans les fers.
Isabey, Poitevin, qui peignent la galère
A la flamme d'azur avec sa poupe d'or,
La frêle balancelle et l'yole légère,
Dans le miroir des eaux réflétant son bâbord.
Puis Morel-Fatio, d'escadres triomphantes
Sillonnant à son gré les ondes frémissantes ;
Vous aussi qui savez sous vos brillants pinceaux
De Venise la Belle animer les canaux ;
Vous Melby, Ziem, Hildebrand, Bentabole,
Wild, tous enfants gâtés de la moderne école !
Au-dessus de ces rocs, c'est le chêne Gudin,
Autant que peintre habile, intrépide marin,
Partout bravant la mort, affrontant les naufrages,
De la gloire française il illustra les plages.
D'Alger, Sydy-Ferruck, d'Ulloa, Mogador,

Sous ses pinceaux brûlants les flots fument encor;
Si Navarin en feu nous montra sa vaillance,
Notre-Dame-des-Arts nous dit son noble cœur;
Et des actes de bien, ardent initiateur,
Son nom toujours rappelle un trait de bienfaisance.

Ce beau groupe de houx, que près d'ici tu vois,
Nous présente les noms de ces sculpteurs sur bois
Dont le goût délicat et le ciseau facile
A fouiller tous les bois rendent leur main habile;
Si je ne puis citer tous les maîtres de l'art,
Je redirai ton nom, admirable Liénard!
Il faut, pour bien juger de son talent magique,
Avoir eu sous les yeux la scène pathétique
Du petit nid d'oiseau surpris par le serpent,
Dont l'œil darde sur eux son orbite sanglant,
Et l'élan courageux que donne la nature
A la mère tremblant pour sa progéniture.
Qu'elle croit abriter de son bec menaçant.

Dans ces arbres si beaux, à la tête élancée,
C'est Daguerre, génie inspiré, novateur;
Baldus, Niepce, Nadar dit le propagateur;
Thiéry, dont la science, en la plaque avancée,
Le laisse sans rival, sans émule aujourd'hui.
Et vous tous qui de peintre en vous portez l'étoffe,
Tournachon, Numa Blanc, Rudinger, Disderi,
D'Aligny, baron Gros, Le Gray, Defonds, Alophe.

Tous ces rochers ici qu'ombrage le laurier,
Nous offrent sur leurs flancs l'honneur de la gravure,
Ce sont des noms fameux. La pierre la plus dure

Cède ainsi qu'au métal à leur mordant acier ;
D'abord à l'étranger, c'est, je crois, Finiguerre
Qui passe, de cet art, pour être l'inventeur ;
Puis, en France, Israel et Sebastien Leclère,
Dessinateur habile autant que fin graveur.
Et toi Gérard Audran qu'avec orgueil on nomme,
Qui fis valoir Le Brun par ton talent réel ;
Paris, si de ton temps eût vécu Raphael,
Eût eu son Marc-Antoine aussi bien que l'eut Rome.
Nanteuil, Cochin, Callot, au goût capricieux,
Jouant avec les saints et les démons hideux.
Wile, Edelink, Morghen, que l'Allemand renomme,
Calamatta, si pur, si parfait dans son art,
Mercuri, dont le goût et la délicatesse
D'Amélie a rendu la grâce enchanteresse ;
Et vous tous dont les noms s'illustrèrent plus tard :
Berteaux, Muller, Dupont, Laugier, Forster, Girard,
Toschi, par ses travaux devenu chef d'école,
Dont le front luit déjà d'une vive auréole,
Puis, Pisani, de Rome animant la splendeur,
Qui fait revivre aux yeux son antique grandeur.

Ces sapins, que tu vois près de cette carrière,
Ont les utiles noms des imprimeurs sur pierre
Qui de leur art, partout, ont marqué les succès :
Lemercier, dont Albion admit le goût français,
Avant tous Engelmann, qui laisse la mémoire
D'un artiste profond dans l'art qu'il inventa,
Puis c'est Auguste Bry, dont le savoir compta
En l'œuvre de Raffet pour beaucoup dans la gloire,
Appel, dans le feuillage aujourd'hui sans rival ;
De l'Océan, Marie imitant les merveilles,

Qui vers son but, toujours, marche d'un pas égal,
Et pour les illustrer nous consacre ses veilles.

Saluons en passant le Gustave Réal,
Magistrat distingué, cœur généreux, loyal,
Et dont Fontainebleau, comme un titre à sa gloire,
Avec reconnaissance a gardé la mémoire.
Du railway de Paris à Marseille, à Toulon,
Et de sa compagnie aujourd'hui secrétaire ;
Grâces à ses talents, il force l'actionnaire
A bénir tous les jours son administration.

Près du hameau de Barbison,
Dans ces arbres nombreux des Ventes d'Alexandre,
De nos peintres aimés vous voyez chaque nom.
De leur réputation commençant à s'étendre,
C'est là qu'ils s'exerçaient à jeter à l'envi
Les naïfs fondements, que l'on peut reconnaître
En ces croquis laissés par Troyon le grand maître,
Le Dieu, Rosa Bonheur, Lucot, Français, Very,
Millet, Rousseau, Corot, d'Auvergne et Gudin même,
Tous marqués au cachet d'une franchise extrême.
Pour l'honneur du pays, notons bien que c'est là,
Que Lantara naquit et toujours travailla.
A ces fiers escadrons lancés dans la carrière,
Faisant voler sous eux la foudre et la poussière,
J'aime à te retrouver saisissant De Luna !
Car ton savant pinceau jamais n'abandonna
Du vrai, dans tes tableaux le chemin difficile,
Et ton heureux talent te l'a rendu facile.
Hôtes joyeux ! Marlotte, Mont-Girard,
Saint-Martin et Chailly, Michelin et Franchard,

Ont souvent répété vos bruyants chants de gloire,
Ils en conserveront à jamais la mémoire !

Mais laissons Barbison et ses hôtes joyeux
L'égayer de leurs chants. Ce bruyant voisinage
Ne saurait convenir aux cours trop sérieux
De mes vagues pensers; non, plutôt du bocage
Allons chercher la paix, ce bien si précieux
Aux cœurs que trop longtemps a tourmenté l'orage.
Ah ! je me trouve enfin sous son feuillage aimé !
Je le vois, je le sens à l'odorant mélèze,
Au sorbier s'enlaçant au tilleul embaumé.
Mais du sombre ouragan lorsque la voix s'apaise,
D'où me vient cette brise au souffle mélodieux
Et qui me fait rêver aux chants délicieux
De Weber, Beethoven, Amphions aimés des cieux?
    Émule heureux de ces brillants génies,
C'est Elbel, toujours là, par son art amené,
Qui vient, de la forêt, amant passionné,
        S'inspirer à ses harmonies.
    Quels accords ! Ecoutons ! C'est son Berlin, la nuit,
C'est sa Grotte d'azur, des Elphes c'est sa danse,
Son Galop des éclairs, son Océan immense,
Et son Chant de la mer et qui monte et qui bruit.
Chefs-d'œuvre de talent, aux pages immortelles,
Que l'on dirait des cieux descendus sur des ailes,
En venant apporter, tour à tour, en nos sens,
D'amour, de liberté, les plaisirs innocents.

Dans ces chênes, ici, s'offrent à notre vue
Des noms de sculpteurs dont la gloire est connue,
C'est Pilon, Coisevox, Coustou, Puget, Goujon,

Dans nos siècles derniers beaux talents en renom.
Ici, c'est Tornwalsen, l'artiste scandinave,
Qui, comprenant son art sans règle, sans entrave,
De l'éternel classique a voulu s'affranchir.
Là, c'est le Canova, dont le ciseau rappelle
Du type grec, toujours, la jeunesse éternelle,
Et que le poids de l'âge à peine fît fléchir.
Nieuwerkerke, au goût fin, moderne Praxitèle,
Et Pradier, de la grâce imitateur fidèle.
Etex, Simard, David, Rude, Marochetti,
Le feu sacré chez eux est loin d'être amorti.
Voici le Clésinger dont Besançon est fière ;
Des rayons du vrai beau dont toujours il s'éclaire,
Il sait le reproduire à nos regards charmés
En ces marbres, qu'en chair on croirait transformés ;
Témoin la Zingara, dont la danse légère
Nous rappelle l'Almée, ou bien la Bayadère,
Puis son Taureau romain au beau col musculeux,
Et sa Lesbienne aux airs livrant ses longs cheveux ;
Je la vois, sur ce roc, haletante, éperdue,
D'un regard accablé mesurant l'étendue
De ces flots où bientôt elle va sans retour
Perdre le souvenir d'un malheureux amour.

 Tournez vos yeux vers la belle vallée
 Qui se déploie à droite de Franchard ;
Parmi les noms qu'elle offre et dont elle est peuplée,
 Remarquez-vous ce chêne à part
Où flottent ces beaux fils de la Vierge divine
Et dont le tronc paraît tout fleuri d'aubépine ?
Il est à Bonassieux, catholique sculpteur ;
Car la religion toujours dirige, inspire,

Dans ses chefs-d'œuvre qu'on admire,
Non-seulement la main, mais encore le cœur.
Son premier coup d'essai fut un vrai coup de maître.
Par son jeune David s'apprêtant au combat
Il voulut qu'un triomphe aux yeux le révélât.
Sa Jeanne Hachette aussi, gloire de la patrie,
A la vertu romaine, à la mâle valeur,
Et que des noirs frimas, de leur intempérie,
Le Luxembourg enfin abrite avec honneur.
Puis ta Méditation, dont la vague pensée,
  Se reportant sur quelque souvenir,
  Rêve sans doute à sa grandeur passée
  Ou bien, peut-être, à son bel avenir,
Et que Napoléon accueille aux Tuileries
En plaçant sur ton sein l'étoile de l'honneur.
Charmant dieu Cupidon, quelles bizarreries
  De tes ailes, ainsi te font te dégager !
  Ah ! je le vois, lassé de voltiger
    Tu crois, par ta métamorphose
Imitant la levrette à tes pieds qui repose,
  Passer aussi pour la fidélité !
Puis un chef-d'œuvre encor digne d'être cité
De la ville du Puy, juste orgueil, ta madone
De cent pieds de hauteur, et dont la beauté donne
Dans ses moindres détails, son développement,
La juste appréciation de ton rare talent.
Tes œuvres désormais, gloires de notre France,
Pourront redire à tous sa piété, sa vaillance.
Artiste plein de foi, poursuis ton vrai chemin,
L'avenir est à toi, ton succès est certain.

Une larme en passant au doyen des prud'hommes,

A ce brave Charnier, ce modèle des hommes,
Dont le cœur noble et grand, toujours de l'ouvrier
A Paris, à Lyon, dut prendre la défense.
Hélas ! de ses travaux, la noble récompense
Sur son cœur, lui vivant, ne vint jamais briller,
Et pourtant, mieux que lui, l'homme de la fabrique
Qui mérita jamais la croix honorifique !

Cet arbre aux verts rameaux, qu'on voit ici tout près,
Appartient à Bezon. Sa profonde science
Des diverses nations, par sa persévérance,
Lui firent des tissus recueillir les secrets :
Et son dictionnaire, entièrement pratique
    Sur la séricole fabrique,
  Est un ouvrage éminemment français.

De Denecour, enfin, nous voyons les folies,
Plus pleines d'intérêt qu'elles ne sont jolies;
Car on y voit partout, pêle-mêle effrayant,
Le Mastodonte affreux, le hideux Léviathan ;
Et sans un guide habile, en ces vastes clairières
Où se croisent nombreux des sentiers de bruyères,
Des cavernes sans jour et des antres profonds,
De noirs genevriers, des chênes aux vieux troncs,
Elevant dans les airs leurs têtes séculaires,
Vous pourriez, je le crains, fort bien vous égarer;
Et moi-même, une fois, le soir j'y vins errer.
Un spectacle inouï soudain frappa ma vue;
Un des antres alors brillant de mille feux
M'offrit, d'un tribunal, l'aspect mystérieux.
D'une cour de justice il avait l'étendue.
De la vaste forêt, les monstres différents

En juge tranformés, siégeaient aux premiers rangs.
Le fier Lion Druide avait la présidence,
Le Dragon de la Solle était l'accusateur,
Et le Sphinx glapissant l'huissier introducteur.
Denecour était seul au banc de la défense.
Citoyens ! dit, après avoir ingurgité,
D'une absinthe, à trois fois, le breuvage argenté,
Le grave accusateur ; l'homme en votre présence
Est coupable d'un crime odieux, détesté,
Il a, sans nul souci de son acte arbitraire,
Troublé de ces grands bois la terreur salutaire.
    O droit sacré de la propriété
N'es-tu donc devenu qu'un vain mot sur la terre !
Il est vrai qu'autrefois, nous fûmes condamnés
A revêtir ici ces figures nouvelles,
Châtiments mérités, hélas ! et sous lesquelles
Nous sommes, disons-le, toujours un peu gênés ;
Mais depuis ce moment, du moins nous servaient-elles,
A l'aide de crapauds, d'aspics et de serpents,
De vipères sans nombre et de rocs menaçants,
Sinon de citadelle assez forte, assez sûre,
Au moins d'épouvantail au rapin effronté,
Sous le prétexte vain d'étudier la nature,
Se plaisant à troubler notre tranquillité.
Tout allait donc au mieux ; dans cet état de chose,
Qu'a-t-il fait, le pervers ? Ce qu'il a fait ! je n'ose,
De ses crimes ici vous tracer les horreurs ;
Il combla des fossés, défricha des ornières,
Fit sauter des rochers, et parmi les bruyères
Tracé, vous l'avez vu, des sentiers pleins de fleurs.
De sorte qu'aujourd'hui, grâce à sa persistance,
    Nous nous voyons, à la curiosité

Chaque jour obligés, en notre nudité,
De dévoiler, hélas ! notre affreuse existence.
De tant d'indignités n'êtes-vous pas surpris !
O quousque tandem, Sylvain, abuteris
Nostra patientia !... Pour peu que cela dure
Nous verrons nos rochers, trop douloureuse injure !
Dans un temps assez court, tout couverts de rosiers,
De myrtes, de jasmins, de muguets, d'orangers,
Privés de défenseurs : car bien des heues entières
Se feraient maintenant sans trouver de vipères !
Je conclus, Citoyens ; le crime est établi,
Ergo, du châtiment il faut qu'il soit puni !
C'est ma conclusion. Nul motif excusable
Ne saurait à vos yeux protéger le coupable.
Il dit. Un long hourra salua ce discours.
A cette accusation, le brave Denecour,
Bien loin, vous le pensez, de se laisser confondre,
De son banc aussitôt se leva pour répondre.
Sa parole d'avance, illuminant son front,
Vint vibrer au milieu d'un silence profond :
Messieurs ! Les conclusions de ce réquisitoire
Je les prends à ma charge ; or, un fait est notoire,
Et nul de vous, je crois, ne peut le contester,
L'esprit nous vient de Dieu ; je ne saurais qu'y faire,
    C'est une vérité que je dois respecter.
Pour ce qui vient du cœur, ceci c'est mon affaire ;
Et l'homme, en aucun temps, ne saurait, selon moi,
Se placer, quel qu'il soit, au-dessus de la loi.
Plus que tout autre, ici, Messieurs, je la respecte ;
Et puis, je l'avouerai, mon honneur vous l'atteste,
Jusqu'à ce jour, encor, j'ignorais vos malheurs.
Devais-je, cependant, laisser à vos douleurs

Se prendre ma pitié? Non, non, je dois ma vie
D'abord à ma famille, et pourtant la patrie
Avant elle a des droits sacrés à mes amours,
Comme à l'humanité les siens cèdent toujours.
J'ai fait ce que j'ai dû, je dois le faire encore !
Au moment solennel celui-là qui s'honore
D'avoir un noble cœur, ne doit pas hésiter,
D'un devoir quel qu'il soit, à venir s'acquitter.
Quand je ne serai plus, périsse ma mémoire,
Périssent ces sentiers qui font ici ma gloire,
Plutôt que d'oublier qui m'a prêté la main
A les exécuter; et nul respect humain
Ne saurait à mon cœur imposer la puissance
D'étouffer le besoin de la reconnaissance,
Oui, quiconque à mon œuvre a prêté son concours,
A cette gratitude a des droits pour toujours ;
Et comme c'est le moins que de moi l'on attende,
Je le proclame haut pour que chacun m'entende.
Quant à la mort, Messieurs, Sylvain ne la craint pas;
Cent fois il l'a bravée au milieu des combats.
Ne faut-il pas d'ailleurs, tôt ou tard, qu'on succombe !
Aussi, pour moi, Messieurs, qu'a-t-elle d'effrayant !
Puisque le premier pas que l'on fait en naissant
Est aussi le premier qui conduit à la tombe.
J'ai dit. Un météore au prétoire apparut;
Dans le cœur du Sylvain un doux espoir courut.
Mille noms s'y lisaient : c'étaient des rois, des princes,
Des illustrations de Paris, des provinces,
Du monde entier; magistrats, généraux,
Artistes, villageois, tous louant ses travaux.
Les juges hésitaient. Bien que rien de traitable
De ces cœurs de rocher ne se fît pressentir,

En sa faveur sortit un verdict favorable
Motivé par ces noms qu'on vit intervenir.
Car mettant à néant la fourbe et la malice,
Par un bref jugement qui lui rendait justice,
L'honorable Sylvain fut bientôt acquitté
Et l'on voua son nom à l'immortalité.

Approchez, cher touriste, et regardez sans peur
L'antre du Chasseur Noir ou bien du Grand Veneur,
Cette localité toutefois me rappelle
Que Charlemagne un jour, de son Aix la-Chapelle
Qu'il aimait tant, d'ailleurs, vint à Fontainebleau
Tout exprès pour chasser avec son chien Bleau
En tête de sa meute, et qu'aux bords de la Seine.
Au confluent du Loing, pour la première fois
On vit le Grand Veneur traverser les grands bois,
Puis, qu'il en disparut sans laisser trace humaine.

Chantez, petits oiseaux, et vous, charmantes fleurs,
Répandez dans les airs vos suaves odeurs!

Mais l'affreux rendez-vous, qu'aujourd'hui l'on évite,
Avait souvent la nuit quelqu'étrange visite.
Sous François de Valois, sous Henri Quatre encor,
Il avait retenti des sons bruyants du cor,
De grands cris d'hallali. Dans la nocturne chasse
Des coursiers hennissants, des lévriers de race
On entendait les cris, les aigus aboiements ;
Puis, quand le bruit confus de tous ces mouvements,
Se trouvait acquérir le plus de consistance,
L'obscurité régnait, et tout était silence.

Chantez, petits oiseaux, et vous, charmantes fleurs,
Répandez dans les airs vos suaves odeurs !

Après plus de mille ans, la liberté perdue,
A la Grèce par nous était enfin rendue ;
Et dans son nid d'aiglons, l'orgueilleux dey d'Alger,
Qui se croyait si fort à l'abri du danger,
Un jour d'indignation, pour venger une offense,
Venait de notre bras d'éprouver la puissance.
Et le roi Charles Dix, monarque chevalier,
A sa couronne, alors, ajoutait un laurier.
Aussi le Grand Veneur, vêtu de broderies,
Le corps étincelant d'or et de pierreries,
Reparut quelques jours dans l'épaisseur du bois,
Mais ce fut, m'a-t-on dit, pour la dernière fois.
Et le daim put revoir ses retraites chéries.

Chantez, petits oiseaux, et vous, charmantes fleurs,
Répandez dans les airs vos suaves odeurs !

Cent ans sont écoulés. La France heureuse et fière
Du Cives Romanus, dès longtemps dépassé,
Se trouvait sans rivale ; alors l'Afrique entière,
Grâce aux talents du grand et nouveau ministère,
Avait subi nos lois. Son tribut empressé,
En torrents de richesses, en fruits de sa terre,
Arrivaient chaque jour. Dans notre France alors
On encensait trois Dieux : Bacchus, Vénus et l'or,
Et ce dernier avait, jusqu'ici sans exemple,
Des actions pour autels et la Bourse pour temple.

Chantez, petits oiseaux, et vous, charmantes fleurs,

.Répandez dans les airs vos suaves odeurs !

Mais l'hiver revenait attrister la nature,
Les prés étaient sans fleurs, la forêt sans verdure,
Des pins devenus grands, tous les rameaux glacés
Faisaient entendre au loin par les airs balancés,
Un frôlement plaintif dont l'âme était saisie,
Et qui la disposait à la mélancolie.
On était en Janvier, et de ce triste mois
L'aurore avait paru pour la treizième fois,
De sourds gémissements, que l'écho semblait rendre
Plus effrayants encor, vinrent se faire entendre.
Puis on put distinguer l'aspect inattendu
D'un personnage étrange et de noir tout vêtu.
C'était le Grand Veneur, en tête d'un cortége,
Dont les pas mesurés, en refoulant la neige,
Rendaient sur le terrain un bruit lugubre et sourd,
Tel que le drap frappé tendu sur un tambour.
Dans la marche funèbre on voyait les Dryades,
Les Nymphes, les Napées et les Hamadryades,
Muettes de chagrin, sous leurs voiles de deuil,
Arroser de leurs pleurs un rustique cercueil.
Le Dieu Pan les suivait. Palès et ses bergères,
Des lieux circonvoisins, déesses bocagères,
Portaient sur un brancard, de mousse recouvert,
Les restes du Sylvain, de ce Sylvain si cher,
Si regretté de tous, si digne de mémoire,
Dont le nom désormais va s'unir à leur gloire.
Dans les localités de la vaste forêt
Le convoi, tour à tour, lentement pénétrait,
Des gorges de Franchard aux vallons de la Solle,
Des ruines de Larchant aux rochers d'Apremont,

4

Sans même que jamais le silence profond
De ces lieux fût troublé par la moindre parole.
Du funèbre convoi, bien des représentants,
Mais tous, pour la plupart, oubliés dès longtemps,
Se tenaient à l'écart et perdus dans le nombre ;
Dans un groupe pourtant, bien que le temps fût sombre,
A ses traits conservant la jeunesse en sa fleur,
Je reconnus d'Ivoi, le fameux chroniqueur ;
Son esprit toujours vif, pétillant de finesse,
Répandait près de lui l'enjoûment, l'allégresse.
Rossini, vert encor et tenant à la main
Son Barbier toujours jeune, alerte et plein d'entrain.
Soudain, on entendait du Loing et de la Seine,
Les nayades en pleurs frapper l'air de leurs cris,
Et de leur désespoir les échos attendris,
Semblaient, en s'y joignant, prendre part à leur peine.
Le cortége avançait, on venait d'approcher
D'un vieux dolmen formé par un triple rocher.
Il s'arrêta. L'endroit ayant paru propice,
On dut d'un holocauste offrir le sacrifice.
D'une biche timide et de son jeune faon,
Aux mânes du Sylvain on répandit le sang :
Un satyre fouilla les entrailles fumantes
Pour y lire des Dieux les volontés puissantes.
Soudain l'air s'obscurcit, un éclair lumineux
Laissa, du Chasseur Noir, voir l'antre tout en feux
Briller d'un vif éclat. En temple de mémoire
La grotte fut changée ; et sur la pierre noire
Le médaillon gravé du bon et grand Sylvain,
A la foule étonnée offrit le nom divin.
Au bas étaient ces mots, par une main amie :
Au Sylvain Denecour, qui consacra sa vie

A l'embellissement de sa chère forêt,
Par ses soins devenue un Éden plein d'attrait ;
Et n'eut que deux amours : la forêt, sa patrie.
Adieu, Sylvain, adieu ; goûte en cet antre obscur,
Du juste, désormais, le sommeil calme et pur.
Ici le Grand Veneur, de sa trompe infernale
Tira de rauques sons. Les assistants saisis
D'une panique étrange et presque générale,
Se dispersèrent tous dans les épais taillis ;
Et l'on dit que dès lors, jamais par sa présence
Le Grand Veneur, des bois, n'a troublé le silence.

Chantez, petits oiseaux, et vous, charmantes fleurs,
Répandez dans les airs vos suaves odeurs.

Près du limpide Loing, des bois de Madeleine
        En allant aux Ventes Bourbon,
Et non loin du railway de Paris à Lyon,
        Dans le port de Valvins-sur-Seine,
        Vous voyez ces arbres géants,
Ces fils de la forêt dont elle était si fière,
        Naguère encore resplendissants,
Abattus aujourd'hui, couchés dans la poussière.
Bientôt sur le chemin de Brest et de Toulon,
        Ils iront payer à la France,
        En quille, en mât, en étançon,
        Leur annuelle redevance.
Puis, devenus vaisseaux, ils braveront des mers,
Sous l'ouragan fougueux, les ondes frémissantes,
Pour aller appuyer, de nos armes puissantes,
Le drapeau national au bout de l'univers.
Un jour, aux noirs enfants de la Sénégambie,

Ils iront dire : amis ! plus de tyrans sur vous !
Soyez libres ! la croix en touchant votre terre,
Par nous, pour l'affranchir d'un pouvoir arbitraire,
A l'émancipation vient vous appeler tous ;
Et de l'égalité, pour que le niveau plane
Sur les castes, les rangs de la population,
Des îles du Japon aux rives de Tourane,
Ils porteront aussi la civilisation.
Peuples ! leur diront-ils, à son noble héritage,
Comme ses fils aussi la sainte liberté
Veut que vous preniez part, et rendez-en hommage
Au seul auteur de tant de générosité.
Cet auteur, c'est le Dieu qui vous donna la vie.
A l'aimer, le servir, sa bonté vous convie,
Écoutez-le, en vos cœurs la vertu germera,
Et plus vous l'aimerez, plus il vous aimera.
Ils verront à leur tour ces plages d'Amérique,
Où de France, naguère, ont vécu les enfants,
Louisiane, Canada, vos heureux habitants,
Dans vos cœurs généreux, d'une mère héroïque,
Toujours vous conservez les souvenirs vivants.
En voyant ces moissons dont les cimes dorées
Ondulant mollement par les brises bercées.
Couvrent de leurs trésors tous ces immenses champs,
De Français aussitôt, ils sauront reconnaître
Que ces riches produits sont le travail peut-être.
Frères, leur crieront-ils, bien qu'éloignés de nous
Sur notre continent nous sommes fiers de vous.
Sèche tes pleurs, Lima ! car, au nom de la France,
La croix, de ton bonheur, t'apporte l'espérance.
Retrouvant sous ses bras tes jeux et tes amours,
De tes brillants Incas tu reverras les jours.

C'est assez de combats, ô Mexico ! fais taire
Tes folles dissensions et tes rivalités.
Fernand Cortez n'est plus, sa puissance arbitraire
A cessé d'opprimer tes nationalités.
Depuis longtemps chez toi , n'étais-tu pas le maître ?
Prouve, par tes vertus, que tu peux encore l'être.
De tes antiques rois relève le palais,
Fais briller de nouveau sa coupole dorée,
Du grand Montézuma la mémoire adorée
De ton cœur serait-elle effacée à jamais !
Brésil, heureux climat, dont la terre féconde
Produit le diamant, vieil orgueil de Golconde,
Tous nos bras sont à toi. Pour exploiter ton sein
Le travail exclut-il et le nom et le teint ?
Non, certe ! en l'ouvrier chacun doit voir un frère.
Et la France, d'ailleurs, cette excellente mère,
Des peuples n'a jamais voulu que le bonheur;
Et du faible toujours embrassant la défense,
Afin de triompher de toute résistance,
Elle appuiera ses droits de sa rare valeur.

Prêts à réaliser mes accents prophétiques,
Partez, nobles géants de nos vastes forêts!
Que le ciel vous protége! et, colombes nautiques,
Portez aux nations l'olivier de la paix.
Car il luira le jour où, sur leurs intérêts,
Les peuples éclairés devenus solidaires,
Pour maintenir la paix s'uniront tous en frères.

Fille de la justice et de l'égalité,
O redescends des cieux, divine humanité !
Dis au riche qu'il doit secourir l'indigence,

Au fort qu'il doit au faible une prompte assistance.
Ce précepte sacré que l'on admet ici,
De Londres à Moscou ne l'est-il pas aussi ?

Et toi, Fontainebleau, forêt enchanteresse,
Aux souvenirs si doux qui reviendront sans cesse,
De plaisirs enivrants, loin de toi, m'agiter ;
Les temps sont accomplis, il faut donc te quitter.
Orient si vanté, ne crois pas que j'envie
Tes riches productions, délices de la vie,
Ni ton parfum ambré dont, jusqu'au fond du cœur,
La bayadère sent le délire enchanteur,
Ni ce baume enivrant dont l'essence inconnue,
Au sein des voluptés nous endort et nous tue,
Ni tes roses d'amour, ni ton géant palmier
Dont l'air brûle la tête et l'eau baigne les pieds,
Tes brillants magnolias, tes pampas de verdure,
Tes jolis colibris, bijoux de la nature.
A toutes tes splendeurs, amphyon de nos bois,
Aimable rossignol, je préfère ta voix,
Ton joli chant surtout, gracieuse fauvette,
Du chèvrefeuille en fleurs je préfère l'aigrette,
La bruyère éclatante et le genêt doré,
Et le Daphné candide au calice nacré.

Adieu, belle forêt, où le bonheur s'abrite,
Ah ! c'est avec regret que mon âme te quitte ;
Et vous, nobles châteaux, vieux palais de nos rois,
Recevez mes adieux pour la dernière fois.

FIN.

Paris, imp. de L. TINTERLIN, rue Neuve-des-Bons-Enfants, 3,